おせい&カモカの
昭和愛惜

田辺聖子

JN284413

文春新書

538

おせい&カモカの昭和愛惜●目次

おせいさんの昭和館　7
昭和の幕開けとともに生まれた。戦前の陽だまりの中で育ち、長い戦時下をくぐり抜け、戦後を凌いで生きてきた。その歳月に宿る記憶は色褪せることがない。……それにしても、なんと多くの人が若くして死んでいったことだろう。

痛恨にみちた教訓　51
「私の愛するカンボジアに起った出来ごと」が、「こんどの大震災」が、私たちにのこした教訓とは、どのようなものであったのか――。

地を払ったものに愛をこめて　61
「現代でいちばん地を払ったのは、人間の気品である」。かてて加えて、「生彩のある会話」や「日本の女の美しい言葉」。「敬語が育つ土壌」も、そうとう危うい。

オトナとコドモの見分け方　85
「現代では、オトナの恰好はしていても、〈内容《なかみ》はコドモ〉という人が多い」ですから、こっそりお教えしましょう。オトナの資格を、コドモの迂愚というものを。

イイ人間、イイ人生　97
人生、相渉《あいわた》るのはたいへんだ。人とのつきあいもややこしい。
けれども〈按配よう〉やっていく、知恵はいくつもあるのです。

そんな教育、ちゃうんちゃう？　115
「私が、〈ちゃうんちゃう？〉と思うのはまず小学生に英語を教えるという風潮」
……ならば子供に、娘に、青年に、教えておくべき大切なことはなにか——。

家庭の幸福に関するヒント　141
結婚相手を選ぶときの基準はなにか？　夫婦とは？　結婚生活の基盤とは？
世の娘たちと青年へ、とっておきのアドバイスを与えるなら——。

葬式はごんちゃん騒ぎで　155
「あるとき、はたと思った。老いの幸福というのは自足を知ることである、と」
五十、六十、七十と、過ぎて気づいた人生の、景色の変化というものは——。

カモカのおっちゃんという男　171
西郷のような顔つきの大男、カモカと中年にして出会い、結婚。
以来、三十六年間をいっしょに過ごした。その日々の、どれほど楽しかったことか——。

附録1　中年いろはかるた　201
飲み友達が集まったときに、なにか趣向はないものかと、思いついたのがかるた取り。
どうせくるのはみな中年男女だから、その名をつけた。おせい&カモカのオリジナル！

附録2　昭和の歌は愛しく懐かしく　225
〝昭和党〟の面々は、わが人生をかさね合わせ、世態人情を省察し、
情感こめて歌ったものだ。どうも歌詞に惚れこむらしい。愛唱曲六十九曲を一挙紹介！

あとがき——人生の瞬景　249

出典一覧　252

おせいさんの昭和館

昭和の幕開けとともに生まれた。
戦前の陽だまりの中で育ち、長い戦時下をくぐり抜け、戦後を凌いで生きてきた。
その歳月に宿る記憶は色褪せることがない。
……それにしても、なんと多くの人が若くして死んでいったことだろう。

あの日、その時

著者の生家は大阪市福島区で写真館を営んでいた。昭和十四年夏、三人姉弟そろって級長になったというので、母、勝世が記念写真を撮らせた。よそいきのレース・ドレスは、中央の長女、聖子がライトブルー、次女、淑子がレモンイエロー。

昭和十五年早春、父の末弟、二十歳のサブロ兄ちゃんが入営する。田辺写真館の前で町内の人に見送られ、餞の言葉をじっと聞いている。兄ちゃんはすぐ満州へやられた。

ウチへ飲みにくる人々の中に、〔昭和党〕がいる。それは何かというと、〈今年は昭和でいうたら、七十六年やな〉などという輩《てあい》のことである。昭和初年生まれのおっさんたちだ。平成になってもう十三年なのに、それとともに、〈昭和何年〉と数えないと、〈歳月《としつき》のたちかたがわからへんやないけ〉などという。まあ、私も同年輩だからその気分は理解できないでもないが。

昭和党、といったって、政治的立場や思想的信条があるわけではない。適当に左であり、ほどよき度合いに右でもある。それは過ぎ来《き》し時代の流れのせいである。左でなければ納得できない時代もあったし、右にならざるを得ない鬱懐《うつかい》を抱かされる時代もやってくる。

世はうつり、人はかわる、ということだ。

『なにわの夕なぎ』

昭和史のまん中ほどにある血糊《ちのり》（花巻　小田島花浪）

昭和の歴史の十年代二十年代（いや、すでに昭和ヒトケタの頃から銃声と軍靴《ぐんか》のひびきは高まりつつあったが）は血で染まっている。なんと多くの人が死んでいったことだろう。

そのおかげで平和は四十年つづいているが、血で染《そ》んだ昭和史は白くならない。「まん中ほどの」という位置指定がぴったりしているので、「血糊」ときたとき、パッと顔に血しぶきがかかった気がする。

昭和と共に生きてきた私はまことに同感のきわみ。

『川柳でんでん太鼓』

およそ何でも、現代ではないものはない。電車・バスは四通八達し、食べものは溢《あふ》れるばかり、これは長い長い夢を見てるんじゃないか、と私は思う。

こんなに何でもある時代に生きて、生きのびたことに、むははは、と笑えてくるのだが、その私のうしろには、何だかいつもくっついてるものがあり、

(いつかまた、昔みたいにこの町が瓦礫《がれき》の廃墟《はいきょ》になるかもしれないぞ)

という思いと、うらはらになっている。だから私の、

(むははは)

には、複雑で入りくんだ色合があるのだ。


『死なないで』


このごろ、祖母のことをちょいちょい、思い出す。

祖母は十何年か前に九十一で老衰死している。父方の祖母である。曾《そう》祖母は八十二でやはり老衰死、私の家系の女たちは長寿で、私が健康なのもその遺伝であろうと、ありがたく思っている。

さて、祖母だが、別にとりたてていうほどのことは何もない。無名の市井の女であ

る。
尤《もっと》も、無名でも、世の中には立派な老女もいられ、その凛然《りんぜん》たる生き方や志を、身内によって語り広められる人もあるが、祖母はことさら顕彰《けんしょう》されるべき存在ではない。ただただ、この世にひとときの舞い降り、やがて跡形もなく消えていった、春の淡雪のような庶民の一人である。

『一葉の恋』

すっかり食べてしまったときの祖母の言葉はきまって〈もうおしまいの金比羅《こんぺら》はん〉であった。私の足に痺《しび》れが切れると唾を私のおでこに三べんつけ、〈シビリ京へのぼれ〉、つまずいて膝小僧をすりむくと、そこへも祖母は人さし指で唾をつけ、〈イタイタ、京へのぼれ〉という。
——そうすると痺れも痛々も頓《とみ》に薄れた気がしたものだ。
祖母の声は祖母の年齢に近くなった私の、耳もとにいまもあざやかである。……

『一葉の恋』

祖母はことさらに私をしつけるつもりではなかったろうが、日常のいましめによくいったのは、〈御飯粒《ままつぼ》、粗末にしたらお目々つぶれまっせ〉というのだった。ままつぶ、といえばよいのに、大阪弁の癖で、ままつぼ、という。一粒のお米の中に仏サンが三体いやはるのや、放下《ほか》す、こぼす、ちゅうような、勿体《もったい》ないことしたら〈お目々つぶれるんだっせ〉といい、だから私はいまも、駅弁の蓋《ふた》についた御飯粒から、ていねいに食べる。

『一葉の恋』

〈これは孫でおますけど、あんまり荷物が多うますよってに、雨も降ることやし、ワタエが送ってやろうと思いまして……〉

とくどくどいいかけると、

〈ごくろうさんですな〉

と先生は遮り、歩みをとめないで、

〈おばあちゃんに送ってもらうような甘えたことしたら、あかんぞ〉

と私を叱って追い抜いていった。

そうら、こんなことになるから、いやだったんだ、と私は、ぷうとふくれた顔になったに違いない。

私は校門で祖母から荷物を受けとり、教室まで持っていってあげるという祖母を、むりやり追い返した。帰りにお友達にたのんで、荷物持ってもらいなはれ、そうか(それとも、という意味の大阪弁である)、用務員サンに電話してもろたら、誰ぞ、迎いにきたげるよってな、という祖母にも、ろくに返事もせず、礼もいわずに背を見せた。コドモにはコドモ世界のルールがあり、祖母の示唆のようにはこぶものではない、それを表現する力がないので、私は、

〈うん……うん、わかってる〉

とぶっきらぼうにいって、祖母を追い返したのであった。美しくもない女の子が、仏頂《ぶっちょう》づらで言葉惜しみしている風情など、ほんとに可愛げなかったことであろうと、

今になってみれば思われる。どうしてあのとき、祖母にひとこと、少女ながらに感謝をこめて、
〈おばあちゃん、大きに。堪忍《かんにん》な〉
といえなんだのであろう。人間はこうやって取り返しのつかぬ悔いを重ね重ね、死んでゆくのであろう。

『一葉の恋』


『絵本江戸風俗往来』では、夏の夕のさまをおもしろくとどめている。

日暮れになると仕事じまい。店前より往来一面、大地に水を打ち、涼み台を出し、煙草盆《たばこぼん》、団扇《うちわ》を出し、一同納涼する。

たがいに町内の人々あつまってよもやま話、子供のあそび。

人々は行水をし、浴衣《ゆかた》を着、団扇にたばこをもってつどう。

「まことに代《よ》の豊かなるしるしとぞ見えたり」

私の小さい頃でも、この通りであった。昭和も十五年ころまでは、まさしくここに

ある如き夏の夜の情緒が、大都会のまん中にもあった。

風鈴とラジオから流れる浪曲の声が、いまも耳にある。むぎゆ、冷や水のかわりに私の子供のころはラムネ、ひやしあめを、家族それぞれ、飲んだ。

行水のあとの白い天花粉《てんかふん》。

男たちは縁側で将棋に興じている。街路樹のプラタナスの葉ずれ。ああいうのをしも、人間の文化といわずして、何というのだろう。

大江戸の生活には、ある部分、たしかに人間の文化があったと思う。心のゆとりや情緒、風趣にみちていたと思う。戦前の日本にも。


『古川柳おちぼひろい』

昭和十二年前後こそ、日本の近代文化の爛熟期だった気がする。明治・大正と仕込んだ麹《こうじ》がやっと醱酵して、芳醇《ほうじゅん》な天の美禄が醸《かも》された観がある。このへんの文学史を見るのは楽しい。昭和十一年に堀辰雄の『風立ちぬ』、太宰治『晩年』、石川淳『普賢』、十二年に横光利一『旅愁』、永井荷風『濹東綺譚』、志賀直哉『暗夜行路』、岡本かの子『金魚撩乱』、川端康成『雪国』――さらに吉川英治は『宮本武蔵』を連載中だったし、吉屋信子の、一世を風靡した『良人の貞操』も、ブームを起した川口松太郎の『愛染かつら』も昭和十二年という花々しさである。詩人に萩原朔太郎がいた、立原道造が、金子光晴が。――らんまんの春、といっていい時代だったが、戦争がすべてに水をぶっかけ、萎縮させ、凋落させてしまった。しかし子供の私はむろんそんなことは関知しない。

それよりも子供時代にあらゆる文化のごった煮である家で育ったのは、いま思うと悪くなかった。祖父は漫才落語の小屋へ私たち子供を携えたが、場内に臨官席があり、制服の巡査がいた。思えば古い時代だ。舞台検閲のためだが、大阪のお巡りさんは観客と一緒に笑っていた。

祖父のお気に入りレコードは浪曲の広沢虎造や柳家金語楼の落語であった。祖母は歌舞伎や人形浄瑠璃を愛好する。私は若い叔母に松竹座へ連れられれば、アステアとロジャース、また、ダニエル・ダリューの「背信」など見るが、祖母に連れられて浄瑠璃へいくと「傾城《けいせい》阿波の鳴門」なんぞも熱心に見る。

〽見なはれ、あのかわいそうな子ォ。家もなしに、あないして、親さがして歩きまん

のやデ。いとおしいことわいな〉
と祖母に教えられると巡礼お鶴と自分が重なり、ぽろっと涙が出た。
『楽天少女通ります』

神風号で盛りあがった河合隼雄先生と私、二人の操縦士の名前をいおうとして、ハタと口をつぐむ。われらが人気の〈空の勇士〉（当時の流行語）の名を忘れるとは。うーむ、うーむ、と二人で唸《うな》り、首をひねるが、同席の出版社の方はお若いから、もとより、昭和十二年のニッポン航空界の快挙などご存じでない。
ついに私が、匕首《ひしゅ》一閃《いっせん》、という感じで記憶をさぐりあて、はしたない大声で、
〈飯沼、塚越！〉
と叫んだら河合先生も、
〈そやっ、飯沼や！〉
と食卓を平手で叩《たた》かれ、大笑いになった。

飯沼・塚越両操縦士は、東京から僅々《きんきん》四日でロンドンに着き、亜欧飛行を成功させる。五月に日本に凱旋したときの国民のフィーバーといったらなかった。……

その栄光感の記憶を共有するのも同世代だけになってしまった。本当は、こんな〈日本人の成功〉の記憶を、のちの若者に語り伝えてやりたいのだけれど、どこでどうまちがったのか、〈日本人の汚辱〉の記憶ばかりが語り伝えられる。そしてそれは、他国からの強圧的な思想操作に負うところが多い。

『残花亭日暦』

戦争下の小学生といっても四六時中、戦争浸りになっていたわけではなく、昭和十二年の日支事変（当時そう呼んでいた。戦争ではなく事変であって国民はほとんどみな、シナの一部で紛糾《もめごと》があるらしいが、いずれ止むやろう、とタカをくくっていた。まさかそれがきっかけとなってずぶずぶと泥沼にはまり、八年に及ぶ塗炭の苦しみをなめさせられようとは、誰一人思いもしない）のはじまったのは小学四年生であった。まだ大阪下町の路地には、チョボ焼き、一銭洋食、紙芝居、しんこ細工、しがらき・

わらび餅などの屋台や金魚売りが来ていた。小学校の下駄箱の上には「一銭ヲ笑フ者ハ一銭ニ泣ク」という格言がかかげられていたが、私は無駄使いの天才で、一銭も度重なれば十銭になる、連日十銭を屋台のオッチャンに散じてしまう放蕩者で、たびたび家へせびりに帰っては、〈なんぼ使うたら気ィすみますねん、そらおそろしい子ォや〉と母に叱られていた。まだまだ泰平の世であった。『ほっこりぽくぽく上方さんぽ』

私が女学生になった祝いに、父は靴をあつらえてくれることになった。昭和十五年の頃はまだ物資が豊富で、そんな贅沢もできた。父は、左足が何センチか右足より短い私のために、左の方を高くするように靴屋に注文してくれた。出来上がってきた靴は、どういう加減か、ひどく重かった。それに見た目にもすぐ左の靴底が厚いと分るようになっている。女学生の私は気むずかしい見栄っぱりである。人と違うものを身につけたくない。それに重くて歩きにくい。一ぺん穿いたきり、私は下駄箱へしまいこんでしまった。

「勿体ない、高価《たか》いのに。穿きなさい。穿いてると慣れるから。せっかくお父ちゃんが作ってくれはったのに」

と母は声を嗄《か》らして言いつづけるが、私は、「いやや、重いんやもん」と抵抗した。

父は靴を提げてみて、

「うん……重いかもしれへんナー」

とひとこと言っただけで、それからはぷっつりと靴の話をせず、無論、私にそれを穿くように強いたりしない。母はといえば、下駄箱をあけるたびにその靴が目につき、目につくたびに私に叱言をいう、というのがならいになった。しかし父はひとこともいわない。

その年頃の私は、父だからだ、と思うよりも、なぜか、

（男やなあ）

という感慨をもった。男はごじゃごじゃといわないものだ、というような認識を得た。

それから、

（やっぱり、男や）

と感心もした。
（さすがに、男や）
という気もした。

『ぼちぼち草子』

明治六年（一八七三）に徴兵令が布告され、七年には大阪第八連隊が設置される。この「八連隊」には、大阪ニンゲンは特別な感慨があるのである。兵隊に取られて戦争にいった八連隊の男の中には、
〈大阪の兵隊はな、戦地の敵サンの村へいって徴発なんぞ、せえへん。みな、金払うてきたんやデ〉
と自慢するのがいた。大阪人はケンカが嫌い、よって戦争も嫌い、足腰弱く口ばかり達者、しかし商《あき》ン人《ど》であるゆえ、モノをただ持ってくる、ということは何としても天然自然の理に違《たが》う、という気が厳としてある、故に徴発や奪取ということはできない、少しでも代金を払う、というのである。私の小学生時代は日中戦争（その頃は日

支事変といっており、正確にいえば私の小学四年生時代に勃発した）の頃であったが、大阪ニンゲンはそんな話を日常の挨拶によく交して笑い合った。

『道頓堀の雨に別れて以来なり』

戦争に対するひそかなレジスタンス、というと大げさだが、戦前の大阪の下町には中国人も多く、仲よく住んでいたから、庶民は対中国戦争に複雑な気持を抱いていた。南京陥落万歳万歳と提灯行列をしながら一方で、大阪の兵隊は物をタダ取りせえへんのや、と妙な自慢をし、大阪の散髪屋（ここは大阪弁風にサンパッチャと発音されたい）の耳掃除のおっさんが、敵の兵隊になっとってなあ、こんなこといいよったらしい、と喜悦し、聞いたほうも、ほんなら、〈ハイカラ軒〉のあのおっさん違《ちゃ》うか、器用で巧かったけどなあ、故国《くに》へかえって兵隊にとられよってんやろか、などと嬉しがっていたのである。

『道頓堀の雨に別れて以来なり』

戦前の日本の繁栄と自由、物資の潤沢は昭和十三年で終ったという人もあるが、私は十五年位まで延ばしてもいいように思う。戦争突入四年目なのに、まだ人々は泰平の夢を一抹、捨てきれなんだ。そのうちには戦争が終るだろうという楽観論も強く、第一、私が女学校に入った昭和十五年には、まだ校内の食堂で揚げパンやラムネを売っていた。食堂が閉鎖されたのは昭和十五年二学期以後である。そういえば十五年を境にして、大阪下町の物売りたちも来なくなった。ただ、

〈かさァ……こうもり傘、しゅうぜん……〉

の呼び声はかなり遅くまで聞いたが、次第にそんなのどかな商売もなくなった。おじさんたちも応召したり徴用工に取られたのであろう。

『楽天少女通ります』

オトナたちは先ゆきの見えぬ泥沼戦争に、深い混乱をおぼえているようであった。

夜になると、私のうちの事務所へ、隣組のおじさんたちが集まり、ひそひそと、

〈どない、なりまッのやろ、この先……〉

〈さァ。……どこぞの国が、ええ按配《あんばい》のところで中に立ってくれて、双方、このへんで手打にしはったらどないだす、いうてくれるのん、ちゃいますか〉

というのは温厚で人のいい、楽天家の父らしい希望。

〈あ、それ、よろしなあ、そのへんで……いうてくれた国には、双方、ちょっとずつ、お礼して〉

〈それは〝ちょっとお礼〟ぐらいでは、あきまへんやろ、かなりのモン、渡さな……〉

〈そやろかな〉

——阿呆かいな、というところ。しかしそういう庶民の望みをよそに、世の中は地ひびきたてて、戦争へのめりこんでゆく。


『田辺写真館が見た〝昭和〟』

おとなたちはしたりげにいった、あれをしてはいけない、これをしてはならぬ。戦争だから――戦争がすんだら――すむときがあるの？――いや、もっと大きな戦争になる。

一つの戦争（対中国の戦争）が終結せぬままにまた一つの戦争が重なった。それでも私たち女学生は、世の中というものはそういうものなのだ、と思う。――しかし、いつのまにか見わたせば、リボンもチョコレートも、友禅の振袖も、押花のしおりも中原淳一の絵のついた便箋も、みんな消滅して、あたりは殺伐とした兵士のカーキ色一色になっているではないか。音楽も色も匂いもない世界であった。つかれきって困《こん》憊《ぱい》した人ばかりが、足を引きずって歩いている。

歌集「みだれ髪」が出たのは明治三十四年であるが、その時代と、昭和十七八年の戦時下日本を比較して、いずれが閉鎖的で因循姑息《いんじゅんこそく》で暗黒な時代であったかといえば、私はあとの方だと思うものである。明治三十年代というのは清新な文学運動が行なわれ、明治ロマンチシズムが湧きおこった盛りの春であった。が、敗戦前の日本は、もはや何ものも人の心に生まれなかった。あるのは頭上低く圧しつづける陰鬱な、まがまがしい絶望であった。日本という腫瘍はいまや破れそうな膿をはらんで紫色に腫れあがっていた。

『千すじの黒髪』

十二月八日の朝、ラジオはただならぬ発表を早朝からくり返し、くり返し放送していた。

「大本営陸海軍部発表、帝国陸海軍は今八日未明太平洋において米英軍と戦闘状態に入れり」

「とうとう、アメリカとやるのか」

と父や祖父たちは昂奮して話し合っていた。

「いっぺん、アメリカは叩かな、あかん」

祖父は声高《こわだか》にいった。短気で怒りっぽい頑固な祖父は、アメリカが日本とシナの戦争にチョコチョコと邪魔をして、シナの味方につくのをこらしめないとあかんと、前々から腹立っていた、といった。

「アメリカとなあ……まだ、これ以上戦争しますのか、もう、ええかげんにして欲しわ」

と祖母や母がいい、祖父はそういう女達に、

「バカモン！」

と叱りつけていた。朝から家の中は、オトナたちの緊張感のため、いつになく活発な会話が交された。

私は何となく昂奮して学校へいった。人々の顔も、今朝はどこか重苦しい。学校では校長先生から訓話があり、いよいよ、日本は新たな局面を迎え、容易ならぬ時代となった。諸子《しょし》はますます奮励して、国家の要求するりっぱな次代の国民となるように、ということだった。

しかし老校長先生のお話は、どこか、沈んだ、辛そうなひびきを伝えていた。

『欲しがりません勝つまでは』

女性史研究家には往々にして、現代感覚で歴史を裁く考え方もあって、私としては

当惑させられることがある。吉屋信子は従軍ルポを書いたから軍国主義者であるとするたぐいの短絡思考である。それは世の流れというものの烈しさを思い知らぬ人の、のんきな発想であろう。国の運命というものも業のようなもので、そこへなだれこまずにいられぬような時の流れ、というものもある。

『ゆめはるか吉屋信子』

私は、寮でひまな時は、吉川英治の『宮本武蔵』を読みあげた。武蔵の修行はきびしい。剣の極意は、究極は精神力だと武蔵は悟るのである。佐々木小次郎と、剣のテクニックは同等であった。いや、むしろ小次郎の方が、テクニックは上であった。それを武蔵は精神力で打ち破った。

アメリカに勝つには、もうこれしかないな、と私はまたもや、ふかくうなずく所があった。

これでゆかなければいけない。

『欲しがりません勝つまでは』

戦時中は、標語が多かった。

私がいちばんきらいな標語は、「生めよ殖やせよ」であった。

いったい、戦時中の標語というものに、たのしい、うれしいものはない。

それは当然である。

倹約、耐乏、克己、自制、忍耐を強い、叱咤《しった》激励するものばかりである。戦争というものは犠牲を要求するものだから、しかたがない。

「ガソリンの一滴は血の一滴」

「ぜいたくは敵だ！」

「欲しがりません、勝つまでは」

「元帥（山本五十六《やまもといそろく》のことだ）の仇《かたき》は増産で！」

などの上に、標語の主とでもいうべく、金色燦然《さんぜん》として君臨している標語は、

「撃ちてし止《や》まむ」

で、戦争の完遂、敵の殲滅《せんめつ》をうたうものであった。

『女の長風呂（続）』

私はご生前の虫明亜呂無氏と対談でお目にかかったことがある。インテリジェンスに富み、瀟洒《しょうしゃ》な雰囲気のかたであった。学徒兵で戦った、と話のついでに洩らされたので、〈では例の、有名な明治神宮外苑で行軍なさったのですね〉というと、〈いや、ぼくは出席しないで、下宿で麻雀やってました。雨も降ってたし〉といわれた。……私の母は学徒出陣のニュースに、〈学生さんまで出すんなら、よっぽど戦争はあかんようになってますなあ。東条サン、ほんまにアホや〉といい、〈大《お》っけな声でいうな！〉と父に叱られていた。

――庶民はみな、雨音をテントで聞くような、やるせない思いをしていた。

『田辺写真館が見た〝昭和〟』

特攻機は、往《ゆ》きの片道燃料しか、積んでゆかない。

「まあ……えらいことになったものや」

と母は新聞を見てふかい声を出す。

「これはよっぽど、こっちの軍艦も飛行機も、無いようになったんと違いますか」

「そらそうや。若いもん、こないして次々死なしていって、どないするつもりや。もう、ええかげんにしたらええのに、アメリカみたいに物の豊富なトコにかなうはず、あらへんがな」

と父もいっている。

私は、父と母に腹をたてた。


『欲しがりません勝つまでは』

町では金属回収が始まって母ちゃんはぶつくさいいながら、町会事務所へ鉄瓶や鉄火鉢を供出している。お寺の鐘やミナミの名物の通天閣もとりはらわれて政府へ献納されたという話で、鉄材は、寸鉄に至るまで兵器に姿をかえるのだ。〈総力をあげて戦争完遂へ〉とかいた大きなビラが町会事務所の壁に下がっている。

「ええかげんにしとけ」

と、父ちゃんは、あまり母ちゃんがブツブツいうのでうるさくなっていった。

「ええかげんにしますよ、アホらしい、こんな鉄瓶の一つや二つ供出したからいうて、なんぼの飛行機がつくれますか。貧乏たらしい話や。日本もオチメや」

と母ちゃんは押入れへ入って、憲兵がきいたらタダ事ですみそうもない毒舌を吐いている。あとかたづけをしながら、

「なあ……金がないと戦争も出来んでなあ。戦争は金持の道楽仕事みたいなもんやで」

とひとりごとをいっている。


『私の大阪八景』

学校へゆくのに、私は城東線《じょうとう》（いまの環状線）で鶴橋までゆき、そこから関急（近鉄）に乗り換えるのであるが、城東線の森の宮のあたりを走ると、電車の中にまで、

むっと異臭がこもる。ここは広大な、陸軍直轄工場、「大阪陸軍造兵廠」のあったところで、八月十四日、終戦前日の、最後の大空襲で、こっぱみじんにやられた所である。

同じ降伏するなら、なぜもっと早くしなかったのだろうか、それにアメリカ軍も、これだけ叩きのめした日本を、まだいためつける必要があったのだろうか。当時の造兵廠にはもう資材がなく、兵器をつくる力さえなかったのは、アメリカも知っているはずである。

八月十四日の空襲なんて、これはもう戦争ではない、大量殺人にほかならない。しかも工場には、一般人のほかに、たくさんのいたいけな動員学徒が働いていたことは、アメリカの諜報活動からすると充分、熟知していたことだと思われる。ここへ八月十四日の昼下がり、四百機が波状攻撃で空襲した。一トン爆弾が雨のように降った。動員学徒は廠外退避《しょうがいたいひ》をしたが、逃げきれず玉造《たまつくり》や京橋で吹きとばされている。

直撃弾で肉片もとどめず吹きとばされた人、土に埋もれたままの人が、何百人いることやら、暑い夏の日に灼《や》かれて、そのあたり一たいの焦土《しょうど》はむっと臭うのである。それは形容のつかぬ臭気である。

死んだ少年少女のやりばのない悲しみの怨念が凝《こ》ったような臭気である。

それらの魂に対してざんげするべき本当の人間は誰なのか。

誰でもかまわず一億の国民に「一億総ざんげ」とかぶせる神経を、私はやりきれなく思っている。その不信感がなにを見ても聞いても、(ほんまかいな)と思わせる。


『欲しがりません勝つまでは』


戦争、といえば外地で辛酸をなめた兵士や、シベリヤで抑留されて、そのあげく凍土に消えた兵士たち、海の藻屑《もくず》になった兵士たちを人々は思う。ついで、広島と長崎、二つの町に落された原爆で、失なわれた人命を連想するのが一般的らしい。

しかし昭和十九年から二十年八月にかけてすさまじく加えられた空襲で、日本内地のおもな町は焼き払われ、おびただしい数の庶民が殺傷されたのだ。

あの内地の空襲のことが、「戦争」の連想ゲームに入れられないのはなぜだろう。もう半世紀ちかい過去になったから、早くも忘れられた、というのだろうか。日本の内地も戦場だった、というのに。


八月十五日の日に、何やら、正午に重大発表があるというので、ラジオを持ち出してトキコの家族は、新しく借りた小さい家のひと間に集まった。

「あ、怪態《けったい》な声……」

「ほんまに陛下かしら。ニセモノ？」

同時にハハとババがいった。

「わかる？　いうてること」

マチコがトキコにきいた。

「何や、戦争もう止め、いうてはるのとちがう？」

トキコはチチの顔を見た。

「どうも、そや、思うけどねえ」

「ふしがなあ……何や情けなさそうにいうてはります」

とハハもうなずいた。

「本土決戦、いうてはるのとちがうか」

マサルは未練気にラジオをにらんでいる。それほど、棒読みの勅語はむつかしいのである。むつかしい熟語が盛沢山である。

（へえ……これが陛下のお声？）

とトキコはうなるように思った。ちょっと形容するなら壕舎の上にひょろひょろとのびている南瓜のツルを思わせた。

「堪えがたきを堪え、忍び難きを忍び」

でトキコははっきりわかった。

「戦争がおわり、いうてはるねんわ」

『私の大阪八景』


「戦争おわりですか、そんならもう空襲もしまいですな、やれやれ」

母が夜のあけたような声でいったが、私はまだ本当と思えず呆然としている。

何ということだろう。本当と思えない。私は日記に書いた。

「我ら一億同胞胸に銘記すべき八月十五日。嗚呼《ああ》、遂に帝国は無条件降伏を宣言したのである」

まさか降伏とは思わなかった、私は今の今まで日本民族が玉砕するものとばかり思っていた。軍人や首相のいうように「本土決戦、一億玉砕」を信じていた。

『欲しがりません勝つまでは』


「まあ、おくさん、聞きはった?」

裏の木戸をあけて、向いのおくさんが現われた。活発で「シャベリン」で、元気のいい人である。

「まあ、くやしいねえ。戦争に負けたんやて、ねえ」

「負けたんやないやろ、日本のことやからきっと有利な条件で、講和条約でもしたんとちがいますか」

おくさんの主人があらわれて父に話しかけた。

「そういうことですなあ。しかし、こう追いつめられたどたんばやさかい、わかりまへんで」

と父はいい、

「バンザイするのやったら、もっと早う、思い切りようにしたらよろしのにな、トコトンあかんようになってバンザイするねんから、エライ人は何考えてるやわかりまへん」

「ほんまだす。家焼かれるわ、お婆ちゃん怪我するわ、闇の買出しで苦労するわ、そのあげくに負けたいうねんさかい、阿呆《あほ》らしおます。負けるようなバクチ、すな、いうねん」

向いの主人は、大阪の都島で大空襲にあい、火の海を命からがら老母を背負って逃げたということで、そんなことをいっていた。


『欲しがりません勝つまでは』

新聞やラジオが、昨日までは本土決戦をとなえて、いまにも会津の白虎隊の少年のように、一億さしちがえて死のうというような、激越な調子であったのが、いまは一転して、

「忍苦して国体を護持しよう」

ということになり、私たちには、前もって何も知らされていないから、おどろくばかりである。

何を見ても（ほんまかいな）になってしまう。私はそれでも日記にはスラスラとこうかいた。

「陛下は力足らずして自責の痛恨に胸をかむ臣子《しんし》をお責めあそばされず『帝国臣民ニシテ戦陣ニ死シ職域ニ殉ジ非命ニ斃《タオ》レタル者及ビソノ遺族ニ想《オモイ》ヲ致セバ五内《ゴダイ》為《タメ》ニ裂ク』

とまで仰《おお》せられるのである。この大み心のふかき、嗚呼《ああ》また何をか言わん、今はただ父とも仰《あお》ぎまつる大君《おおきみ》を頂《いただ》いて日本民族一致団結、これからさき何十年かつづくであろう幾多《いくた》いばらの道を、断乎《だんこ》とふみしめ、最後の光明《こうみょう》を仰いでひたすら、つとめはげんでゆくのみである」

自分で書きながら（ほんまかいな）と思っている。ついに私は、自分自身にさえ（ほんまかいな）と思うようになった。

『欲しがりません勝つまでは』

〈新聞の書いてッのは、みな、ウソばっかりやってんなァ〉と終戦後、庶民はいいあい、戦後も残った新聞社名につき、〈よう、恥ずかしィもなしに同じ名前、使うこっちゃ、引っくり返して〝ヒアサ新聞〟にせんかい〉〈そんなら〝ニチマイ新聞〟でっか〉なんていっていたものだ。

『田辺写真館が見た〝昭和〟』

昔の男たちは、――しかるべき社会人、商家のあるじ、勤め人たち、教師・医師らは無帽では他出しなかった。夏はカンカン帽に扇子を携えて外出した。学生は学帽をかぶる（大学生は必ず角帽着用。大学の少ない戦前の大阪では、角帽をかぶった大学生、白線を巻いた丸帽の高校生――いずれも旧制――は、いたく鄭重に遇《ぐう》せられ、敬愛を以て接しられたものである。そして彼らもまた、若年ながらに、国家を憂うる気概と高い教養があった。……そんな青少年らを十把ひとからげに戦士に仕立て、ボカスカと敵弾に仆《たお》れさせたのだから、アノ戦争は阿呆らしくもむごいことであった。学生はいくらでも作れるが、憂国の気概と高い教養を蓄えた若者は、一朝一夕には作れない、国家の大財産であるものを)。

『田辺写真館が見た〝昭和〟』

いとおしいのは第二次大戦の死者たちである。内地も戦場であった。空襲のむごたらしさでいえば、それは大阪も広島・長崎なみであった。日本の侵略戦争で亡くなった人々もいとおしいが(他国の人も日本軍将兵も)、雨あられと降る油脂焼夷弾、黄燐焼夷弾の中を逃げ惑い、力尽きて倒れたいたいけな中学生、女学生、女、幼児、老人たちもいとおしい。死者はみな、ひとしなみにいとおしい。

『楽天少女通ります』

皇居前広場で食糧メーデーがあり、米よこせ人民大会がひらかれ、代表は赤旗をひるがえして皇居にはいるという、破天荒なデモが行なわれた。

「国体はゴジされたぞ
朕はタラフク食ってるぞ
ナンジ人民　飢えて死ね
　ギョメイギョジ」

というプラカードが不敬罪で起訴されたりしたが、天皇は地方へ来られると熱烈歓迎なのである。天皇は神格を否定されて人間宣言をし、神から人間に変身されたわけであるが、まともにその姿を見ると「ワーッ」となり、「陛下、陛下！　たのみまっせ！」という絶叫になるらしかった。

たのみまっせ、というのは、食糧遅配せんように、とか、暮らしがラクになるように、という要求の意味を含んでいるのでないと、これは、耳にした人々がみなわかったであろう。むしろ大阪弁の慣用でいえば、

(お互い、がんばりまひょうなあ)

(もろともに、えらい目ェに遭《お》うてきましたなあ)

(こっちもがんばりまっさかい、陛下もこれから長生きして、ええ目ェ見とくなはれや)

(しかし、しんどい戦争だしたなあ)

というような意味が含まれているのだ。


『しんこ細工の猿や雉』

ずっと昔だが、関西でもコトバの荒いといわれる地方へいった折、その例として、戦後、天皇の地方巡幸の時の話が出た。その時点ですら、もう伝説に近くなっていたが……。その地方には大きい池があり、天皇はそこに立たれて、この池には魚がいるのかとご下問になったそうである。
お付きや関係者の答える前に、池のそばの農家の爺さんが、
〈お前《ま》はんくるいうんで、ワシが池に魚をはめてこましたで〉

といったので、咫尺《しせき》の間に拝謁して恐懼《きょうく》感激していた関係者らは一同、真ッ蒼になったという。――しかしこの話はいささか眉唾で、いくら田夫野人《でんぷやじん》といっても、いや、田夫野人なればなおのこと、終戦直後であるから天皇尊崇の念はまだ厚いにちがいない、「お前《ま》はん」などというはずはない。

ただ、その地方の方言では「お前《ま》はん」は最高級の敬語だそうである。そして「こます」も謙遜語だというのであるが、どうであろうか、「くれ申す」が語源なら、どっちにしても上品ではない。とまれ、何にしてもこの爺さんは好意からいっているのであって、その表現にいささか敬意を欠いても、それは方言の責任であって、爺さんを責めることはできない。

『大阪弁おもしろ草子』

終戦後、家は空襲で焼け、父が死に、母ときょうだい三人が残されて窮乏生活を送ったときに、

〈ホラ……小っちゃいとき、堂《どう》ビルの階上《うえ》のレストランで御飯たべて、お渡りを見た

こと、あったわねえ〉

というのが、私たちのたのしい話題になった。停電つづきで、すいとんや雑穀入りのお粥《かゆ》をローソクの灯《あかり》で食べながら、

〈あたし、何着てた？　そのとき〉

〈長いたもとの絽《ろ》の友禅に、絹の三尺帯。夏祭りは絽の友禅、と昔からきまったもの〉

〈ああ、水色と桃色の。おぼえてる〉

と言い合ったりして、気分が明るくなるのだった。たしかにそういう思い出は、人間を支えてくれる。いまは逼迫《ひっぱく》しているが、これは仮の姿で、きっとまた、いいこともある、という気になるのであった。

子供のころの贅沢の記憶が、のちのちまで人間が生きる上の、支えになるというのは、こういうことなのであろうか。

しかし私はこの頃、こう考えるようになった。

贅沢の記憶なのではない。

愛された、という自信の記憶ではないか、と。

そんなにまでしてくれたという、オトナたちの愛を、人間は大きくなっても心の支えにしているのではなかろうか。

子供のときに味わった後悔や苦悩や挫折感などは、オトナになってからの人生航路のある種の道しるべになるが、「愛された記憶」は、人を支える。

（私はこんなに愛されたのだ）

という記憶が、のちに人を救う。


『一葉の恋』

母は気位のたかいタイプだったから、どんな仕事にも就けた。気位が高いから何でもできるのだ。いまは乱世で、皆が皆、世を忍ぶ仮の姿なんだ、という、認識が母を支えている。それが気位である。豚まん屋の玉葱刻みのパートも水道料集金人の仕事も平気である。疎開しておいた着物類がどうやら戻り、（これは米塩の資となって助かった）母はそれらを三宮の闇市でたちまち売ってのける。子供に学業を修めさせ、一人前のオトナにする、という牢固《ろうこ》たる信念を抱く人なんである。職場で彼女を〈おばはん〉と呼ぶ（これは蔑称）無能尊大な若い男がおり、母は内心（フン、このうすらバカめが）と思いつつ、〈何ですか〉と凛然《りんぜん》と応対していた。女は殊に気位がたかくなければやっていけない時代であった。『源氏物語』にも、女に必要なのは気位だ、とある。千年の昔からの真理なのだ。

『楽天少女通ります』

私は三十の声を聞いて、やっと青春を迎えた気がする。二十代は働くのに精一杯だった。これは当時の若者すべてがそうだったのではないかと思う。昭和二十年代、一九四〇年代、五〇年代、男の子も女の子も、家族の軛《くびき》を脱することはできず働き続けた。親兄弟のために働いたのである。頼るべき親の資産は戦争で消滅していたから、若者たちはみな徒手空拳であった。親の顔も、親のコネも利かなかった。日本の旧来の社会は崩壊していたのだから。

『かるく一杯』

私はある時期、田宮虎彦の作品が好きだった。戦後の混迷時代、人々の思いは暗鬱だった。戦後というといっせいにアメリカナイズされた躁狂時代のように、半世紀経った現代では認識され勝ちだが、人々は敗戦による混乱からなかなか立ち直れなかった。社会の底辺にうごめいている、屈折したやりきれなさ、暗さは、払いきれないほど重かった。私たちはその鬱屈を代弁したかのような、生真面目で手重い、田宮虎彦作品を好んだ。

『足摺岬』『霧の中』『落城』『菊坂』——暗い時代には、暗い作品がかえって人々を力づけ、励ますのだった。……私は木村功演ずる映画「足摺岬」(監督、吉村公三郎)を喜んで観にいった。この作品は田宮虎彦の半自叙伝的作品だというが、貧しさと病苦、時代の閉塞状況に押しつぶされそうな戦前(戦争勃発直前の時代)の大学生が、足摺岬で自殺しようとして果さず、戻ってくる。木村功の持つけなげさ、あわれさ、朴訥《ぼくとつ》さ(それは人間の本然に持つところなのが示唆される)がひしひしと身につまされ、それでいて、観終わって悲しみが昇華されてすがすがしい気持で映画館を出たものだ。

それは木村功という役者さんの、清潔で真摯《しんし》なたたずまいに魅了されたからであろう。

『セピア色の映画館』

疾風怒濤の「昭和」であったが、完結してみれば、まさしく、

昭和完結　背表紙に「戦争と平和」（田口麦彦『昭和紀』）

という川柳の通りである。

『かるく一杯』

痛恨にみちた教訓

「私の愛するカンボジアに起った出来ごと」が、「こんどの大震災」が、
私たちにのこした教訓とは、どのようなものであったのか——。

あの日、その時

アンコールワットにて。カンボジアが平和を保っていた最後の輝きのころ、一九六四年の暮れに訪れた。「楽土だ。人間の楽土はこういう土地をいうのだ、と私は思った」（「私が愛するカンボジア」より）

一九九五年一月十七日。田辺家から一キロ以内と、ほど近い阪急電鉄伊丹駅は、駅舎がつぶれ車両も脱線した。

あの恐怖と飢えはたかだか五十なん年昔のこととは思えない。ずいぶん転変する世を見てきたものだと思うが、人類の苦難の経験が、現代にちっとも有機的に活かされていないのは、どうしたことだろう。こうしている間も空襲の恐怖や飢えに苦しむ人がいるだろうに。

『楽老抄　ゆめのしずく』

〈なんでタナベサンがカンボジアの大虐殺のような酸鼻なことを書かれるのですか。夢夢《ゆめゆめ》しい今までの本とちがうので面くらいました〉

という読者のお手紙を頂いたことがあった。

これは昭和五十五年から六十年にかけて「暮しの手帖」に書いたエッセーで、その中で、

「カンボジアに何が起ったか」
と題して五回にわたり、書いている。縁もゆかりもないカンボジアの出来ごとに、なぜ関心を寄せるのかと思われるのは当然だが、昭和四十年に私はこの国を訪れたことがあり、あまりの美しさ、ゆたかさ、平和に地上の楽園だと思った。当時、元首のシアヌーク殿下は、国民から敬慕され、また外交手腕のある殿下は戦火に包まれたインドシナ半島の中で、唯一この国の安泰を維持していた。カンボジアは地味肥え、果物はたわわにみのり、トンレサップ湖は魚と米をあふれるばかり人々に恵んでくれる。飢えを知らぬ国、といわれた。私は桃源郷をみたと思った。

『楽天少女通ります』

私の愛するカンボジアに起った出来ごとは、人類の特別な愚行というより以上に、もしかしたらどんな国にも、どんな民族にも起る可能性があるのではないか、まさかということが起らぬという保証は一つもない。——ポル・ポト政権下のカンボジアを知るにつれ、私はそういう恐怖に心が冷たくなってくるのである。

『死なないで』

人間は何でもしてしまう動物だ。動物は食うためのみ別の動物を殺すが、人間は命令、恐怖、憎悪、無智などによって簡単に殺人機械になってしまう。カンボジアの殺人機械兵士の話はひとごとではなく、人の心の闇の底へ下りてゆくのは恐ろしいけれども、この歴史的事実から目をそむけてはいけないと思う。いじめで死ぬ子供たちは、そのまま〈日本のキリング・フィールド〉ではないか。カンボジアのポル・ポト時代に関心をもってほしい。このジェノサイドは人類に酸鼻で不幸な教訓を示す。

『楽天少女通ります』

痛恨にみちた教訓

こんどの大震災は痛恨にみちた教訓をのこした。
とにかく天災のスケールが大きかった。〈度が過ぎていた〉

かねての想定が片端からはずれた。高速道路は落ち、橋はこわれ、消火栓から水は出ず、交通は麻痺してしまった。そこまでは震度五を想定していたから見通しをあやまったということもできる。しかし住宅様式がかわって、人々はマンションと称するコンクリート塊に住むようになった。これが潰滅したとき、つるはしやとびぐちでは片付けられないということ、わかっていたかしら？

人命救助には、大規模土木工事に使うような大型機材の調達が必要とされる時代になってしまった。こういういたましい発見や教訓を上手に活かさなければ。

『ナンギやけれど……』

いまは神戸も、一種の戦国時代。シャッターをおろしたビルの前で衣料品や雑貨を売る人。プレハブでお好み焼き屋をはじめる人、そして女たちの働く姿がやけに多い。

〈ボーとしてても、しゃーないやん〉

道ばたで果物や野菜を並べはじめたのも女たちだった。

〈店、建てかえたばっかりやってん。けど、壊れたもん、しゃーないやん〉
建てかえたんやけど、〈地震も度が過ぎていた〉——といいたそうだった。
復興まではたいへんだが、女たちのエネルギーを私は信頼する。〈しゃーないやん〉
といいつつ、女たちははねおき、たちあがる。
〈お調子もん、いうことやろ〉といったら、
〈そやそや、あはは〉
果物屋の五十すぎたおばさんは青空商店街のまん中で笑う。うしろに焦土が拡がっている。

『ナンギやけれど……』

学者の先生がおっしゃるところによりますと、活断層の上にものを建てたら、それはもうどんなに堅固に建ててもだめだそうです。これはえらいことだなと思いました。それじゃ、永久に、日本では安心できるところに住めないじゃないかと、どこに住んでも火宅ではないかと怖くなります。でも活断層の上であっても、また生き直せると

いうふうな発想を私たちは育てなければいけない。そんなふうに考えたのでございます。それは自分だけが助かろうというのではなく、みんなで手をさしのべあって生きてゆく、という思想です。

震災と空襲のちがうところはもう一つ。空襲にあった人々は煤《すす》と泥だらけで真っ黒になりながら、次から次へと田舎《いなか》へ脱出していきました。震災では反対に外から肉親、友人を案じて、水と食料を背負った人が、続々と阪神間や神戸をさしてやってきました。寸断された道路を歩きつづけ、瓦礫をふみこえて焦土に入ってきました。知人や身内のいない人も「おにぎりあります」と背中に書いて歩きました。それを思えば人間の原型はここにあると思います。活断層の上でも生きられる理由です。

『ナンギやけれど……』

それにはやっぱり、助け合ったり、それから支え合ったり励まし合ったり、いたわり合ったりという、この〈合ったり〉という精神が、これが人間の脳をもっともっと拓《ひら》かせて、そして人間の気持を大きくさせていくことではないか。大地震を経験するたびに人間たちは温かくなっていった。震災を知るたびに人間はやさしくなっていった、そういうふうにもっと後の人たちが言ってくれるようになれば、私たちの人生は生きやすいし、どんな地震があっても、みんな怖がらなくて済むんじゃないかと、そんなふうに考えたりいたします。

『ナンギやけれど……』

地を払ったものに愛をこめて

「現代でいちばん地を払ったのは、人間の気品である」。

かてて加えて、「生彩のある会話」や「日本の女の美しい言葉」。

「敬語が育つ土壌」も、そうとう危うい。

集英社『田辺聖子全集』第５巻　月報より

あの日、その時

著者の執筆スタイルは、私製の原稿用紙（Ｂ４）に、鉛筆（三菱ハイユニ４Ｂか５Ｂ）で手書き。「鉛筆は肥後守で私が一本ずつ削り、キャップを用い、三、四センチに到るまで、おつきあいします。物書き人生四十年の哀歓を共にしてきた戦友たち、可憐、愛すべく貴むべく、棄てられません」

現代でいちばん地を払ったのは、人間の気品である。品のあるヒト、というのを見ないこと、久しい。私がテレビをあんまり見ないのは、品のない人間がやたら出まくるからだ（ではあんたはどやねん、といわれると返事に困るが）。

私の思うに、ですね、人間の品は究極のタイプ一つきりというのでなく、いろんなタイプの品位があると思う。

一、いつもよく考えつづける人の、人生観から出る品。

二、生まれ育ちからくる品。

三、一つの道をきわめたことから出る品（職人さんの手わざ、学者先生の学業の蓄積、長年修業のたまもの——などから出る品）。

このうち、どれか一つでもあればいいことにしましょうや。いや、まだホカに一つある。自然の中で自然相手に生きてる人も品がある。

『楽老抄　ゆめのしずく』

下品な人が下品な服装、行動をとるのは、これは正しい選択であって下品ではない。

しかし下品な人が、身にそぐわない上品なものをつけているのは下品である。

また、上品な人が、その上品さを自分で知ってるのは下品である。

反対に、下品な人が、自分の下品さに気付いていることは上品である。


『人生は、だましだまし』


「静かにしてる」

ということ、それ一事が、教養の象徴のように思えて仕方がない。

静謐《せいひつ》、というコトバが世の中にあるのを、知ってるのと知らないのとで、人間の格がきまるように思ってしまう。

話し声をコントロールできること。

大きな物音をたてないこと。
おとなしい動作。
なんでそんなことができないのかねえ。男も女も同じ。

『ラーメン煮えたもご存じない』

テレビでは大声を発し、押しふとく他の発言を封じ、先ぐりしてしゃべり、合図されて、それまでと制止されても、なおかつしゃべりまくる者の方が、勝ちになってしまう。
デリケートで謙虚で良心的な人間ほど、その傍若無人な無神経ぶりの前には立ち往生して口ごもってしまう。そして結局、相手の、あるいは司会者の、用意した結論へ導き入れられて黙ってしまう。見ている人々は複雑な、「……」の意味をつかまえそこなう。「あんな口下手な人はダメだ」ぐらいにしか考えない。テレビでは出演者、ゲストの「……」沈黙は悪徳である。大声、饒舌、強引、そういういやらしい不毛の、見せかけの厚みだけがまかり通るのがテレビである。

『続　言うたらなんやけど』

ところで、パーティのスピーチが面白くないというのは、おしゃべりを楽しむ文化が、日本に育っていなかったからだろうと思うが、それは耳傾けるに価する言葉の、お手本みたいなのが民衆の中になかったのではないか。

お坊さんの法話や説教というのが、昔から民衆文化の土台になったことだろうと想像されるが、民衆はお経の内容《なかみ》などちんぷんかんぷんだから、法話はそれを敷衍縷説《ふえんるせつ》するために行なわれる。日本人のスピーチがくだくだしく長くなりやすいのは、その影響かもしれない。寸鉄、人を刺す警句の文化が生れる土壌はないのだ。

それでも明治頃までは、まだ歌舞伎や浄瑠璃のサワリの名文句を日常会話に援用して、短くて生彩のある会話を人々は楽しんでいたが、そういう江戸文化も後退したいま、人々のスピーチはつまらなく長くなるばかりである。

『乗り換えの多い旅』

個人的には男は立派な美点をいっぱいもっているのに、集団・組織となると、たちまち女性的発想になって、ヒステリックになったり、きたない手を使ったり、狭量になったりする。そこのところがどうにもわからない。

男というものは、一匹狼でいるとマトモだが、群れると、成下れる品性におなり遊ばすようであります。

これは洋の東西、古今を問わない。

『ラーメン煮えたもご存じない』

なぜか日本は「男のデリカシイ」が育ちにくい国である。(どの世界でもそうかもしれないが) 私はそれは、日本に恋愛の伝統がないからではないかと思っている。日本の男は、天下国家や税金や会社の経営方針や人事管理のテクニックなどについては一家言を持っていても、恋愛の何たるか、女性の本質の洞察、男と女が共棲み (結婚とはいわない。結婚にはビジネスの臭気がつきまとう。ことに日本では）することの楽しみと苦しみ、その天国と地獄について、などに一家言を持つ人は少い。私はそれをデリカシイとよんでいる。

『夢の菓子をたべて　わが愛の宝塚』


政治というものは男の欲望の究極だと思わざるをえない。

男という男は政治が好きなのではないか、本質的に。

その証拠に、たいていの男の方が女より政治に関心が強い。男の作る社会だから、とか何とかいう論もあるが、これは生物学的なもので、体質的に政治がすきだ。

怒りたけっている野党議員も、不敵にうそぶいている与党領袖も、みんな、じつにうれしげな緊迫感をただよわせている。

男はおいしそうに政治をかたる。

男にとっては、政治は、とびきりおいしいものなのだな。ふーん。

女が政治について語るとき、それはいささかの作為的な努力を要する。政治と女は体質的に相反しており、我々はそれを理想と義務感と、何十パーセントかの現実的利害により、むりに政治にむすびつけてる。

『言うたらなんやけど』

私は最近発見したのだが（別に私が発見しなくとも、今までだれも彼も、気づいているることだろうけれど）、お金や権力を愛する人は永遠を信じていますね。反対に、愛を信ずる人は、現在しか信じていない。それは未来を軽視しているということではなくて、現在が幸福なあまり、未来の死別や離別を恐れ、現在にしか視線を当ててないのである。

『続　言うたらなんやけど』

私は以前、「だましだまし文化」について考察し、この反対は、「きたえきたえ」文化であると書いたことがあるが、利潤追求一点張りの風土は、別の意味での「きたえきたえ」精神である。金儲けのノルマを追い上げ追い上げ、してゆくのは叱咤激励の文化である。

『乗り換えの多い旅』

大阪のミナミに安くてうまい天丼の店があり、客が延々行列という有名な店であるが、ここの七十八になる頑固爺さん、店では、とぎれる間なく海老天を揚げているが、家へ帰ると楽しみは読書、それに川柳、水彩画という。この天丼屋の七十八翁のご贔《ひい》屓《き》作家は、

「うむ、今はスタインベックの『怒りの葡萄』読んどるけどな、一番好きなんはレマルクや。これは全冊揃えてまっせ。『凱旋門』なんか何遍も読んで、本が真っ黒になってるわ。アレ、風景の描写が好きやねん」（『あまから手帖』'86・5）日本ものなら贅沢好みの立原正秋、いいたいこと言いの團伊玖磨という。

もひとつ、こちらは朝日新聞に電話をかけてきた読者、塗装業三十七歳という植物ファンの男性。（'86・8・20）「比叡山のシャクナゲ園にヒカゲツツジが植わっていま

す」という指摘。その上、園の説明に「自生していない」とあるが、ケーブルカーで上る途中、滋賀県側の谷間に生えていた、わざわざ谷へ下りてみたが、絶対にヒカゲツツジだという。同園の管理をしている京福電鉄は「うちのミスです。ヒカゲツツジはシャクナゲに近い花で、担当者が説明文を書く際、かん違いしたようです。早速訂正します。それにしても園芸愛好者の眼力に感心しました」と。みなそれぞれ、好きなものがあるんだなあ、とおかしくなってしまった。

そうなんです、「わざわざ谷へ下りてみたが」という、この執心ぶりが楽しい。「絶対にヒカゲツツジだ」といい、片や、レマルクの「風景の描写が好きやねん」という、こういう塗装業者や天井屋のいるのが、文化風土だと私はいいたいのである。

『乗り換えの多い旅』

いまみたいに、猫も杓子も大学進学なんていうのが、その国の文化の程度を示すとは私には思えない。

大体、子供をみな大学に入れようというのは後進社会の発想である。文化の浅い、生活の貧しい風土だから、せめて学歴でも、ということなのであろう。大学進学率が高いから文化国家だとはいえない。

その国の文化度は何できめるかというと、私としては、その国の人々が、

① 自分の意見をもっている

② 生活を楽しんでいる

ということに尽きるように思われる。もちろん男女とも、である。

『乗り換えの多い旅』

落語に出てくる人物、というのは、旦那さんといい、大家《おおや》さんといい、情理《わけ》知りの兄貴分といい、みな説得力あり、人情の機微に通じている。時により チラと恫喝《どうかつ》めいた言辞《げんじ》さえ弄《ろう》し（それも、ちょっと足りない熊公八公らの身を思えばこそ）、親身になって縷々《るる》説得し、説き去り説き来《きた》って倦《う》まない。落語に出てくる〈言い聞かせ役〉

の人たちこそ、練達《れんたつ》の外交官である。よって私は外交官の資格の一つに落語好き、という条件を入れてほしい、と思うものだ。

『一葉の恋』

天皇こそ王朝文化の具現者であられるべき、と思う私は、天皇在位六十周年のお祭よりも、国家と国民が総力とチエを結集した映画『源氏物語』を作ることのほうが、よりよい記念にもなり、後世へ遺す民族遺産となるかもしれないと、考えたりする。

『乗り換えの多い旅』

『源氏物語』の講演に、ロサンゼルスへいった話を私はした。そのときに知った現地の歌人のお歌。日系人たちで歌の結社をつくっていられるが、中に市民権をとられた摺木《するき》洋子さんというかたのお歌。

「星条旗見上げる我は今日市民　されど心は白地に赤く」

私、涙が出ちゃいました、というと、年輩の人たちは深くうなずく。日の丸や君が代にさまざま議論はある。終戦後に生れた人は、日の丸・君が代に思い入れはないのはわかる。ただ私としては、日の丸に悪いイメージがあるなら、それを善いほうへ転換するようつとめたらいいのではないかと思っている。国旗国歌なんて、やたら変えるものではない。その国の歴史の消長のうちに、さまざまな色に染められていくのは免れがたいが、超党派的に、〈それはそれとして〉中心に据えておかねば、という思いがある。広く国民の意見を徴して国旗をきめようという説もあるが、それはかえって混乱を招き、意見の統一など百年、河清《かせい》をまつに等しいだろう。

『残花亭日暦』

清少納言は『枕草子』の中で「心ときめきするもの」の一つに、「唐鏡《からかがみ》の少しくらき見たる」をあげている。舶来の上等の鏡だけど、少し曇りがきている。そこに映る自分の顔は、欠点がかくれ、(あたしってこんなに美人だった?)と心ときめくのである。化粧水もクリームも、しみじみ、自愛の手つきで使いましょう。お化粧は決して、そそくさと事務的にしてはダメ。また自分自身との対話だから余人をまじえてはダメ。本来、お化粧をするときは「耳に悪声をきかず」――怒り声や悪口を耳にせず、もちろん自分でも「口に悪言を吐かず」、鏡台には一輪でもいい、花を飾り「目に醜悪《しゅうお》を見ず」「心に悪意を持たず」美しいことだけを思う、精神性の強い作業。

お化粧は、自分を大事にする作業である。

個人の〈美しき秘《ひ》めごと〉である。そして自分を護《まも》るもの。しかし公衆の面前で化粧をしては自分を護りにくい。

『なにわの夕なぎ』

あるとき、若い美しいお嬢さんが、かなもじを紅色に散らし書きして染めた着物を、身にまとっていられるのをみました。それは、「あけぼの」「くれなゐ」という字でした。――まさに、あけぼののもくれないも、若い娘の美しさ、清らかさをあらわす、こよない言葉に思われました。

それで私もまた、そんな美しい言葉をちらし書きして染めた着物を着てみたいと空想しました。おぼろよ、かげろふ、あぢさゐ、あはゆき、はるさめ、なのはな、うぐひす……口ずさむだけで、美しさに酩酊するような言葉がたくさんあります。もし私が時代小説を書くときは、ヒロインたちに字も発音もイメージも美しい、こんな名を与えたいなと思います。

もしかしたら、日本の女が美しかったのは、日本語が美しかったせいではないでしょうか。日本の若いお嬢さんに、美しい言葉をたくさん知ってほしい気がします。

『文車日記』

敬語が乱れてから久しい。戦中派以上の年代の人間には敬語に愛着をもつ人が多く、そういう私もその一人であるが、敬語の普及にやっきになったところで、とても昔のように厳密な、形式的敬語は復活しないだろうと思う。

なぜなら敬語は言い廻しをおぼえるだけでなく、表現技術よりも、心から発するものだからで、他者への敬意、自己を謙虚にみつめる、という精神がなくては生きないからだ。すべての権威がゆらぎつつある現代では、他者への敬語が生まれるはずがない。敬意というより、まだしも共感の方が若者たちにはわかりやすいのだろう。共感は自分と同等にみることだから、敬語が使えるはずもない。

また、敬語のもう一つの機能である謙虚・卑下についても、若者は自己宣伝、優越感でみちている手合いが多いから、そういう気分は持ち合わせておらず、要するに「こわいもの知らず」である。こわいもの知らずの精神が横行濶歩している現代は、敬語が育つ土壌ではない。

しかしこわいもの知らずの精神というのは現代だけでなく、実のところ、どんな時代でも、若者なら誰でも共通して持っている精神なのである。

しかし道徳が踏襲され、秩序が守られている社会では、しだいに若者たちに形式技術から敬語を教えこみ、やがて敬語を使える精神風土を形成してゆく。

だが、いまは価値観も秩序もひっくり返ってしまった。あらゆる権威は地に堕ち、形式によって敬意や謙譲を養うことはできない。だからといって、敬語を抹殺せよということは、日本語を地上から抹殺することと同じである。

私は、いまほど、敬語が必要なときはないのではないかと思う。敬語をもち、敬語を使ってきた民族であることを誇ってもいい。秩序や体制の権威とは無関係なところで、敬語は必要とされるのではあるまいか。

人＝他者に対する人間的な思いやり、人と自分との距離のはかりかた、人を尊重することは自分をたかめることであると知ること、多彩な言語生活がもたらす生活の変化、なども若い人に教えたい。

『言うたらなんやけど』

日本人て、ちょっといいな、と私が思うのは、私たち日本人は、あげて詩人の要素があるように思えるからです。

日本には、俳句・短歌という、手みじかな表現形式があって、たいそう便利なせいもあります。

見わたしてみると、俳句・短歌の素養のあるひと、そこまでいかなくても親近感をもっているひと、なだらかな五七調の波に身をゆだねて快いひと（五七調に抵抗を感ずるというひとは、また、そのひとなりの詩の波長をもっています）がなんと多いことでしょう。こんなに文学的な民族が、世界にあるでしょうか。ちまたに住む、名もなき人が、それぞれの感懐を托して、みじかい詩形にまとめようと努力します。まとめるべき芸術的衝動を多くの人がもっているというのは、民族文化のレベルが高いことではないでしょうか。

私がことにおもしろく思うのは、芸術的衝動という志の高いものとべつに、日本人には独特のユーモア感覚があることです。

世態人情のおかしみ、機微をとらえて、うまくうがった短詩が発達しました。それを、「川柳《せんりゅう》」といいます。そして、これこそ庶民のたのしみとなって、どんな人々でも手がるにつくれる、身近でしたしい庶民文学となりました。

『文車日記』

古川柳を読んでいて、何か、歴史のオトシ穴にはまったような気がすることがある。いったい、我々は、五十年前よりは現代が、文明の度は進んでいると思い、百年前よりは更に、二百年前よりは更に更に、我々は、文明人であると思う、その不遜《ふそん》な確信は、何によって生まれるのか。月世界に人が下り、地球の裏側と交信できるのが文明だというのか。それならそれで、少しでも人間は幸福になったであろうか。

人間の質は向上したであろうか。

人間の生活は面白くなったであろうか。

親子夫婦、身内友人がいがみ合わずに、どの人もこの人も棺桶《かんおけ》に足をつっこむときに、「おもしろかったなあ——」とひとり笑いをして死んだであろうか。

文明が進むほど、我々は不満不足だらけになる。不平不満は、なお、文明を生む。しかし、棺桶へ足つっこんで（アア、おもしろかった、どうぞみなさん、あとでごゆるり）という発想は文化なのであって、これは文明に関係ないからむつかしい。

『古川柳おちぼひろい』

もとより、仏教にも疎く、格別の信仰心もない、ただの庶民としての私の皮膚感覚でいうのであるけれど、〈お伊勢サン〉と〈善光寺サン〉は、どうやら、日本民族の根っこの部分で、同じ重みをもつ心髄ではないのかという気がした。そういうことを考えていくのも、これからの残り少い私の人生で、たのしい宿題となるだろう。

ともあれ、過去に日本は明治維新という大事業を成し遂げたが、それは安易なわざではなく、民衆もまた重い艱難を負わされて成った。私は、無理を承知で拡げた大風呂敷のような明治維新が、よく裂けなかったものと思うが、底辺の民衆がツッいっぱいに努力して、その夢を担ったのだと思う。そして更にその下を支えたのは、女たちの生命力であったろう。

『姥ざかり花の旅笠』

女が大笑いする、ということは社会の開明度を示す。女が泣く(世間や男に虐《しいた》げられて)というのは、社会の未開蒙昧度《もうまいど》を示す。女はもっと笑い、人を笑わせなけりゃいけない。

『ほととぎすを待ちながら』

「一茶先生のお句は、まさに俗に限りなく近くみえながら、風雅のまことの心を得ておられるように思われますが、……いや、俳諧初登山《ういやまぶみ》の初心者が、さし出がましく申しました、諸先輩をさしおいて憚《はばか》りもなく」

「いやいや、そんなむずかしいものでもないのですよ。ただ風雅の心というのは」

と一茶は首を傾げ、しかし、とっさに言葉が出ない。こうこう、と説明できればいいのだが、一茶は実作で示すほか、理論指導などはできない。

「あわれみの心と……」

「あわれみの心」

「びっくりする心……と申しましょうか、——人の世の面白さを賞《め》で興ずる心……ということになるのか、それをしもびっくり、というのか。尤《もっと》もびっくりが金儲けにつながっては何もならねえ、金や欲気は、ちょいと脇へとりのけなきゃ、ならねえ」

『ひねくれ一茶』

オトナとコドモの見分け方

「現代では、オトナの恰好はしていても、〈内容《なかみ》はコドモ〉という人が多い」

ですから、こっそりお教えしましょう。

オトナの資格を、コドモの迂愚というものを。

あの日、その時

集英社『田辺聖子全集』第９巻　月報より

著者の自宅の地下室は、飲み屋ふうにして、カウンターに止まり木の椅子、灯のつく看板も作った。〈昭和党〉のオトナたちは、常連と称してその地下バーを贔屓にした。「次の店へいこう！と、ひとりが叫ぶと看板は裏向けにされる。『バーカモカ』から『スナックお聖』」に私はホンモノ、ニセモノを、〈オトナ〉か、〈オトナでない〉か、に分けて考えるのが好きだ。べつにオトナにならなくてもいいじゃないかという考えかたもあり、私はそちらも好きであるが、しかしやはり、オトナというのはつきあいやすい。

『人生は、だましだまし』

男と女の本性・本質・愛の洞察について、ちゃんとわかってる、何か自分の意見をもってる、そういうのがオトナであるような気もされる。

教養といってもよい。

『女の中年かるた』

つくづく思うに、（昔から人間というものはそうだが）ことに現代では、真の生きるよろこびというのは、愛すること、愛されること、しかないのである。そして、私たちオトナが、これからの子どもに対して教えることは、人を愛することのできる人間になることだけである。

そういうと必ず、日本の社会制度や貧困、物価高、そんなものに言及して「愛など、夢やタワゴトにすぎない」といいのしる男や女がでてくるのだ。

日本ではまだ恋愛は市民権をもっていないから、一部の人の若いうちだけのこと、などと考えている人が多い。もちろん、精神の自立や自我、プライドなしに、恋や愛はありえないから、誰もが自分の力で独立して、なにがしかの職業によって自活してゆくことは必要である。しかし現代は物が豊かなわりには生きにくいから、物価高や生活難に足をすくわれてしまう。そのことばかりに気をとられ、ついに一生終ってしまう。

それは非常に子どもっぽい生涯である。

『女が愛に生きるとき』

ほんとうは、中年たちがみな、愛、結婚について一家言をもつような社会にならなければいけないのに、いまの日本人、ことに中年のオトナは、「お金」についての一家言は持っているが、愛や恋についてはしゃべれないのだ。だから、まして若い人は、愛も恋も、その何たるかを知らず、お金さえあれば手に入るように思う。結婚の何たるかを知らず、適齢期を設けて、放し飼いの牛馬を柵に追いこむごとく、結婚のワクに追いこんだりする。

さかしらな、したり顔の現実が、人の心の美しいものや、美味しいところの上に、のさばりかえっているような世界には、私はもうあきあきしてしまった。

『女が愛に生きるとき』

およそ、美容に関してカネを投じるには、ムキになる年代と、ヨタになる年代がある。

中年以後はヨタでよい。

「適当」にやるのは、自分の気やすめのためである。

それより、お化粧なり、おしゃれなりが、面白くなればいい、と思う。面白くなるのは、自分の美点を発見する能力が、（若いときより）うんとたかまるからである。

もっといえば、大体、中年（あるいは老年）以後に、自分の顔や容姿の欠点をあれこれと思う人は、それからしてすでに、「お化粧」や「おしゃれ」の本質から見放されてる人である。

中年以後になれば、自分は、

（美《い》いところだらけだ！）

と確信、満足すべきではないか。顔の皺、目尻の皺、口辺の皺、首すじのたるみ、顎のたるみ、それらこそ、余人の及びがたい魅力ではないか。魅力を売りこまないで、なんとしょう。

それは自分に自信が出てくるからだろう。

自分の識見、人生観、分別《ふんべつ》、社会に対する批判、人間の見わけかた、——それらに自信がつくはず。すると自分自身に対しても、わが生涯の蓄積に対し、いとおしい思いになる。それが自分を好きになることであろう。

『・iめぇーる』

日本の社会には男と女がなくて、親と子しかない。妻は、女として妻として、夫に向き合われなかった分を、穴埋めするように、今度は自分の子供に情熱をそそぎこむ。こうして果しなく、「親と子しかいない社会」ができ上ってゆく。

そういう夫婦がトシをとり、やがて夫が家にずーっと居付くようになって、いまさら会話も議論もできない。やれば、今まで危うく保たれていた均衡が失われてしまう。「粗大ゴミ」と妻に思われて当り前であろう。

今ごろになって怒るほうがほんとうはおかしいのであって、「粗大ゴミ」といわれて怒る男は、よっぽど自分の位置測定に迂愚《うぐ》で、妻の気持をかえりみることなく長い年月をワガママいっぱいに来た、精神的にはまだコドモみたいな人である。

ちょっと、からい点をつけすぎたかな？

しかし日本のダンナ様には、ほんとうにオトナコドモが多いのだ。

『死なないで』

若いうちは貧しくあるべきだ、と思う。

精神生活は豊饒に、物質的には質素に、というのがあらまほしい未成年者の環境であるが、日本では、親は身ぐるみはいでも子供に与えてしまう。子供はゆたかに育てられ、社会におけるオトナとのけじめもつかず、いつかずるずるに「侵略」してくる。社会的な風潮なので、こういう時代の子育てはとてもむつかしいと思うけれど、社会に生きてるオトナとすれば「オトナの場」へどんどん「侵略」をつづけ、とめどなく「進出」してくるコドモを追い出し、締め出さなければ、という気持になる。

オトナはオトナの生活を守り、オトナの人生を楽しむべきである。　『性分でんねん』

三十代は男女とも青年のうちである。三十代でえらい仕事をする人はあるが、それにしても子供は小さい。小さい子供をもっているうちは「中年」とはいえない。

中年とは大きい子供をもった男女をいう。更にいわせてもらえば、非行に走ったり障害を持ったりする子をもつ親はその懊悩《おうのう》の深さにおいて、みな中年である。私はそんなつもりで「中年」というコトバを使っている。


『猫なで日記』


すべてこの世であらまほしいのは、〈色をつける〉ということ。人生のいろんな場で、いろんな人との対応に、色をつける、という心があれば、世の中はふんわかしたムードになるのではあるまいか。

しかし。

〈色をつける〉ということは、今どきの人にはむつかしいかもしれない。

〈どんなところで、どのように、という、お手本のような、マニュアル本でも、ないですか〉

という人も出てくるだろう。そうか。

現代はマニュアル族が多いのだ。〈人とのつきあい便覧〉〈色のつけかた——取り扱い説明書〉〈色のつけかた、いろいろ〉などという本がなければ、ニッチもサッチもいかない、——という人が多いのかもしれない。

してみると、〈色をつける〉ことができるのは〈人生の達人〉というか、オトナだけということか。オトナだけが、自分の度量で、〈色をつける〉ことができるのか。とはいえ、現代では、オトナの恰好はしていても、〈内容《なかみ》はコドモ〉という人が多いからなあ。

私がまず考えるのは、〈色をつける〉というのは、杓子定規に、ものごとや人間を断罪し、裁定するのでなくて、その判断の基準が直線的でなく、抛物線的であらまほしいこと。

いろんな発想、いろんな好みがあり、いろんな人生、いろんな生きかたもある。一気にきめつけてしまわないで、ゆっくりした抛物線で、さまざまのことを、右を見、左を見て、想像しつつ、ゆるゆると結論を出したいものだ。更にいえば、想像力のゆたかなことが、オトナの資格でもあろう。寄り道、まわり道をして、ものを考える、ということも、オトナの余裕あればこそ。

『ひよこのひとりごと』

私は六時に仕事をやめて酒にするが、六時はニュースの時間で、ニュースを肴にのむ、しかしこれが、毎日、御意《ぎょい》に召すとは限らない。見たくないニュースがある、それから子供が出てくるのがいや。子供がきらい、というより、子供の扱いかたがきらいである。

子供にマイクを向ける、あれはなぜか。子供を一人前扱いするのが、私は気にくわぬ、子供が口を開いて面白いわけがない、興ざめもいいとこ、ガキなんか無視しちゃえばいい、ガキやジャリが出てくると、テレビを切っちゃう、わるいオバサンで、私は、あるのです。

それから、

(いやな顔だなあ)

とつくづく思う顔がある。

男女・美醜・老若・肥瘦《ひそう》・富貴《ふうき》貧賤《ひんせん》にかかわらない。子供にもオトナにもある。私は（自分の顔がわからないもんだから）いやな顔を見たくないばかりにテレビを切る。

『芋たこ長電話』

若いから色けがあるとはかぎらない。中年、老年でも色けのある男もいるし、若くても色けの感じられぬ野暮天がいる。金持、素寒貧も関係ない。金満家でも色けのない男は魅力なく、素寒貧でも、じっくりした色けのある男がいる。けれども、これが色けだ、ととり出してみせることができないから、非常に申し訳ない。

ところで、色けのある男と飲むとなぜ楽しいかというと、前申すごとく、べつに色けが発散してあやしい気分になるからではないのである。男と手を握りあったとてこの年で何の物珍しさがあろう。

色けのある男は、話が面白いのである。話が弾むから、酒もすすむのである。酒飲みとすれば、最もいい酒の肴は話である。

『言うたらなんやけど』

イイ人間、イイ人生

人生、相渉《あいわた》るのはたいへんだ。人とのつきあいもややこしい。
けれども〈按配よう〉やっていく、知恵はいくつもあるのです。

集英社『田辺聖子全集』第６巻　月報より

あの日、その時

著者、身辺愛玩の品々から、ひとつだけご紹介しよう。これらは百年ほども生きながらえた、西洋骨董の香水壜。「私にとって、このはかないコレクションや手遊びは、日常の鬱積を掃う、こよない＜気保養＞である」（全集第23巻「手のなかの虹」より）。阪神・淡路大震災のときにも壊れず、戸棚の奥で震えていた。

私はいつも〈運命〉にかたちを与えたくなるクセがあり、これを〈神サン〉とよぶ。私は〈神サン〉についてこれまで小説やエッセーでしばしば書いたから、読者のお目にふれることもあったかと思うが〈神サン〉は〈運命〉そのものであり〈超越者〉という気分も含む。とにかく人間の手向いできない存在。――なぜ神様ではなく、神サンかというと、それは私が大阪人で、大阪弁でしか発想できないからである。

『人生は、だましだまし』

人の一生は〈神サン〉からの借りものなので〈神サン〉に、
〈そない不足が多いのやったら、即《そく》、返してもらおか〉
といわれても仕方なし、人は不承不承に〈神サン〉の仕打ちを甘受《かんじゅ》しなければいけない。

人生は順風満帆というときほど、人はあやうい。〈神サン〉は寝首をかく大家、だということを忘れてはいけない。かつ、自分の方針や見識、実力が成功をもたらしたとうぬぼれてはいけない。

『人生は、だましだまし』

私の考えるに、明治以前、江戸期ごろは仏教・儒教の影響もさりながら〈お天道《てんと》サン〉という民衆レベルでの倫理観があったろう。そんなことしたらお天道サンにすまぬとか、お天道サンのバチ当るとか、社会・個人を律する無形の道徳観や美意識があり、民衆はそれに照らし合せ、納得していた。おのずから、〈無為にして化す〉という感じで、世の中も人の身も〈按配よう〉いっていた。

『楽老抄　ゆめのしずく』

人間は、自分の拠り所、自慢できるもの、自信のもてるものがないと生きていられない動物である。その拠り所の置き場所がちがっているだけである。

『女が愛に生きるとき』

人間というのは欲望については完全主義者で、九つそろったらもう充分とは思いにくい。あとたった一つが充足すれば、とそのことばかり熱望してしまうクセがあるらしい。

『乗り換えの多い旅』

小説の効用は〈人生のおちょくりかた〉を暗示する点にもあると思う。艱難辛苦《かんなんしんく》の人生、〈おちょくら〉ないで、どうして凌《しの》いでゆけよう、というところだ。

『田辺聖子全集5』解説

大阪では、

「アイツ、ショウバイニンや」

というのは讃辞である。つまり、臨機応変の才覚が働き、融通が利き、弾力性があってそのくせ自分の芯をやわらかく通してしまう、弁も立たないといけないし、人に可愛がられる愛嬌もなくてはいけない、そうなると、かなりの力倆が要り、修練も要る。ショウバイニンの才能は身に備わったものなので、会社や商店がつぶれても、どんなにしてでも食いつなぎ、へこたれることはない。そういうのが、商売人のイメージなのであった。『しんこ細工の猿や雉』

大阪では、ツトメ人とショウバイ人とは別の人種、ということになっている。これは職業上の区別でなく、性格上の分類なのである。だから自家営業の商売人でも、ほんとの商売人でない人もある。サラリーマンでも商売人といわれる人もある。つまり性格上のツトメ人というのは、ゆうずうきかず四角四面《スクエア》で、理屈の多い、几帳面すぎる人、ショウバイ人といわれる性格は、円転滑脱で、伸縮がきき、話がわかり、茶目っけがあり、そのくせ、いつのまにか言い分を通すというような、老巧なかけひきの人間関係を得意とする、そんな感じのものである。

『言い寄る』

人は、点と点のつきあいでよいのだ。

全貌くまなく捉える線のつきあいでなくともよいのだ。自分にとっての、「その人」というだけでよいのではないか。私は、私の人生で、私によくしてくれた人を何人か持ったが、その人々のイメージが、ほかの人によっては全くちがうのに面食《くら》ったことが何度か、ある。それも「真」なのかもしれないが、しかし私には、私の「真」というのもある。小さい一点だけの「真」でよい、それを通しての人として捉えるのがよい。だから私にとってはいい人であっても、他の人にはよからぬ人ということもあろうし、その反対の場合もあるだろう。
反対の場合もあると知りつつ、私は点の部分で、その人をいとおしみ、親しんでいくであろう。

『乗り換えの多い旅』

達観、というのは、心中、〈まあ、こんなトコやな〉とつぶやくことである。
人間は弱いものであるが、それでもまた、まだまだ未開発の優秀な能力を秘めていると私は思う。思うに足るさまざまな兆候をこの世界でも、いくつか見ることができる。愛もユーモアもその兆候の一つであるが、〈達観〉というのも、その中でかなり大きな、そしてすぐれた能力であろう。

『人生は、だましだまし』

わが越《こ》しかたの苦労を思って涙ぐむことも世の中にはある。自己憐憫《れんびん》の涙は甘い。ところがこれも忘れることがあるのだ。時により鮮明に思い出すが、またふっと全く忘れることがあり、人に、

〈ちらとうかがいましたが、たいへんなご苦労なさったそうですね〉

といわれ、

〈あ、はいはい、ほんに、そういうこともありました〉

と答えるが、その瞬間までは忘れていたのである。ここでアフォリズムが二つ生まれる。

忘れるということはステキなことである。

苦労は、忘れてしまうと苦労でなくなる。　『人生は、だましだまし』

いい男とは、可愛げのある男である。

ということだ。この〈可愛げ〉はちょっと説明が要るだろう。

男も女に劣らず、この人生を相渉《あいわた》るということは大変だが、（並べかたの順番が違うと文句をいう男性もあるべし）それでもなぜか、人に好かれる男あり。それらを見るところ、あまり突出した自分の主義信条、趣味嗜好《しこう》に固執しない男《ひと》のようである。それは私も好もしい。

といって、なんでもかんでも融通して折れてしまうというのも魅力がない。男はそんなに円熟しなくてもよい。角熟《かくじゅく》でよい。男の沽券《こけん》というのがあるが、ときどきそれを出して見せたらよい。定期券みたいなものだ。私は〈男の沽券定期券説〉である。沽券を出したり、ひっこめたりしている男は可愛げがあるというわけである。主義信条を出したりひっこめたりするところに、人間の器量が問われるわけ。

失敗談や弱音を正直に吐くのも可愛げのうち。『人生は、だましだまし』

私には好きな言葉がいくつかあるが、その筆頭は、

〈惚《ほ》れた弱み〉

という言葉とその状況だ。しゃァない、アレには弱い、というのがある人はまことに好もしい。生きる姿に、いい風趣をたたえている。惚れた弱みを相手に悟られまいといろいろ気を遣っているところに、いうにいえぬ情緒が生れ、人柄の奥ゆきも出てくる。総じて〈弱み〉を持っている人はすてきである。

『楽老抄　ゆめのしずく』

弱みこそ、人間を人間らしくあらしめ、味を引きたてる香辛料のようなものである。弱みのある人はどこか、やさしい。病い持ちが身を庇《かば》い、屈強の人間とのつきあいから一歩引こうとしているさまに似て、おくゆかしい。

反対に弱みのない人、弱みを克服して立志伝中の人物たらんとする人はリッパかもしれぬが、エラいとは思わない。弱みの中でもことに克服できぬのは惚れた弱みというヤツで、まわりをみて下さい、この弱みを抱えてる男や女、みな実に〈イイ顔〉になっている。

『楽老抄　ゆめのしずく』

ひらかなで書く、考える、ということは、ひらたく考えるということで、平仮名を多用し、読みにくくすることではない（適所に漢字を入れたほうが読み取りも理解も早い）。
ひらたく考えるというのは〈ねばならぬ〉をやめて〈こうしたい〉という気持に忠実になることであろう。

『楽老抄　ゆめのしずく』

ひらかなで書くほうが、ほんとはずっとむつかしい。やさしいコトバは選んでいるうち、どんどんシンプルになり、その分、真実に近付いてゆくから、ついに、のっぴきならぬ所まで削られてしまう。
いやまあ、〈ひらかな〉文章はむつかしい。文章というより、文化、というべきだろう。ひらかなは文字のタイプではなく、その背後にある文化スタイルのことである。

阿呆は、学歴や出自、資産、職業に関係なく、どんな階層にもいる、自分の現在地点の分らぬ手合いのこと。指図したがり、仕切りたがり、非難、追及、糾弾したがる。この輩《てあい》は浮世に恣意的な波風を立たせるだけで、ちっとも人の世の発展宥和《ゆうわ》に寄与しない。そのくせ浮世では強者である。というのは、

〈ワシはまちごうたこと、いうとらん〉

という〈信条〉があるから。

私は信条や信念は持ってもいい、と思う。（持つべきかどうか、という議論はここでは措《お》く）

あれば渡世の目安になるし、他の人との〈信条〉のぶつかり合いをたのしめる。〈信条〉と〈信条〉が交錯して光耀《こうよう》を放つのも人生の面白さであろう。

ただしかし〈信条〉は人に押しつけるものではない。

『人生は、だましだまし』

〈ただしいことを信条にしたらあかん。どうせ、でけへん、そんな高尚なこと。たのしいことをしたらよろし。ただしい、と、たのしい、一字ちがいで、えらいちがいや〉

『おかあさん疲れたよ』

目は浮気なところがあって、きれいな女だったり、男前だったり、いいものを着てたりすると、そっちの方に目がくらんで物の本質にフィルターがかけられる。その点、耳は、マトをはずさないであろう。目の不自由な人が、みな、神秘で怜悧そうな顔をしているのはそのせいかもしれない。

『ラーメン煮えたもご存じない』

ほんとの平等というのは、男女とも水準で線を引いて、そこから上へ出られる能力のある人間にだけ、職と地位を与えるべきであろう。コンマ以下のくせに、男だからという理由で引きあげることなんか、ないのだ。

ではコンマ以下の男は、何をして食べるかって？　むろん、きまってる。結婚を人生最高の目標と心得、ヒイヒイと黄色い声あげて、おしゃれにうき身をやつしてればいいのさ。

そうして学歴のいい、容姿のいかす、長女でない、車をもってる、一流会社社員で月収の多い女にアタックして、うまく結婚してもらうのさ。

『ラーメン煮えたもご存じない』

医者という医者が、ノーベル賞とるわけじゃあるまいし。

そんな秀才ばかり医者にして、どうしようての？

まんざらのアホではこまるだろうけれど、適当にカシコであれば、いいんじゃないかしら。

いちばん大切なのは、「イイ人間」というものではないかと私は考える。医者に向く性格、というものをなぜ重視しないのかしら？

おつむの程度ばかり計ったって、しょうがないのに。

それより、医者に最適な人格の、適性検査とでもいうべきものを考えた方がいいように思われる。

たとえば慎重にして決断力に富む、とか、臨機応変の機敏さ、とか、根気よく忍耐強い、とか。それから、それらの上のさらに一段と高いところに、「人間味」というものがないとこまる。

イイ人間、というのでないと、医者はつとまらない。それは長年の修練のたまもの、というより、もって生まれたものがあるので、困ってしまう。

『ラーメン煮えたもご存じない』

「いささかは　苦労しましたと　いいたいが　苦労が聞いたら　怒りよるやろ」

『残花亭日暦』

人生には結構、〈生きていてよかった〉という日が、星屑のようにばらまかれているものだ。

『田辺写真館が見た〝昭和〟』

そんな教育、ちゃうんちゃう?

「私が、〈ちゃうんちゃう?〉と思うのはまず小学生に英語を教えるという風潮」

……ならば子供に、娘に、青年に、教えておくべき大切なことはなにか——。

あの日、その時

集英社『田辺聖子全集』別巻1　口絵より

著者が小学校五年から通った塾では、先生の趣味で百人一首を子供たちに学ばせた。写真は昭和十九年三月、著者、高等女学校三年生のとき。この頃は、吉川英治が好きで『宮本武蔵』や『三国志』を愛読。回覧雑誌「少女草」（写真は第1号〜3号）は、高女時代に友人と編集した。第1号は昭和十七年十二月二十四日発行。表紙も描いた。

ムカシのおとな、というものはずいぶん、理不尽だと子供ごころに思った。子供たちが何か粗相《そそう》をしでかすと、（茶碗を割るとか、墨を畳にこぼすとか）たちまち目から火が出るほど叱られる。もう生きてるセイがなくなるほど、こっぴどく、どやされる。

それなのに、同じことを自分自身がやると、

〈ほい、失敗《しも》た〉

かるく、いい捨てるのみ。時にはわが失敗を自分で笑ったりしている。不公平ではないかと子供は不満に堪えないが、子供はヴォキャブラリーが少ない上に、表現力が育っていないから、憤懣《ふんまん》を訴えるすべはない。そうやって大人の理不尽に堪えるのも、大切な社会勉強なのである。

『なにわの夕なぎ』

母親が叱ったら父親は、

「よしよし、もう、わかったな、今度から気をつけるんだぞ」

といってくれるとか、父親に叱られたら母親がとりなして一緒に詫びてくれるとか、そういうものであらまほしい。父親と母親が口を揃えて叱る、あるいは母親に目いっぱい叱られた上に、帰宅した父親に母親が告げ口するものだから、あらためてまた父親に叱られる、などというのは、子供としては、まことに切ないであろうと思われる。

もちろん、子供は叱るべきは叱らないといけない。人間の識見、精神的背骨を叩きこんでやるために、善悪のいろはは、きちんと教えてやらねばならない。しかし、子供の顔を立ててやる、ということが必要な場合もあるのだ。

『乗り換えの多い旅』


あなたは黙りこくったまま、一言も口を開かない子供に、手を焼かれた思い出はおありになりませんか？

大人が、ああいい、こういい、しても、ひとことも返事しない子供。心を閉じて反抗心や敵愾心《てきがいしん》に満ちあふれているというのならわかる。こんな奴らに口をきくもんかという反感が、こちらの皮膚感覚にも伝わってくるからだ。大人を軽蔑しているときも同様である。

しかしそうではなくて、拒否の感情は感じられないのに、うつむいたまま、一言ものいわない。大人が根負けして、「もういい、それじゃ勝手にしなさい」といったりするとしくしく泣き出したりして……。

現代でもこんな内気な子はいると思う。一言ものをいわないのは、拗《す》ねているのでも不満があるのでもなく、ただ表現能力、伝達能力が不足しているに過ぎないのだが、子供はそれをとても苦しんでいるのである。

その苦しみを大人に伝えようとしても、回路が断ち切られているので、伝達しにくい。

もっとコトバが楽々と出て、こっちの立場や意向、実はこうするつもり、こういうつもりだった、ということなど、隈なくすみずみまで巨細《こさい》漏らさずしゃべることが出来れば、どんなにいいだろうと、子供は身もだえしている。大人の誤解や思いちがいを、子供がただすのは、たいへんな難事だ。

『乗り換えの多い旅』

子供は口ではいろんなことをいうし、可愛げのない反応もみせる。しかし、人の愛情はそっくり心の乾板《かんぱん》にうつしとっていて、何十年も忘れないものなのである。

（私はこうこういうようなことを、あの人にしてもらった）と思うことが、生きてゆくバネになる。何でもない、ごく些細《ささい》なことを嬉しく思うことがある。それはまた反対に、大人の悪意や嘲弄《ちょうろう》や冷淡にも敏感であることで、それを思うと、子供をとりまく環境を、おろそかに考えてはいけない。子供を可愛がって、「オマエのことは、みんなが好きなんだよ」というのをわからせてやりたい気がする。大きくなってから、「みんなが愛してくれていた」という記憶を心の支えに、やっと辛《から》い人生を渡ってゆく、そういうことが、その子の生涯におこるかもしれないのだから……。

『一葉の恋』

かの、ジュール・ルナールのとてもいい作品「にんじん」は、主人公が「にんじん」とよばれる少年であるが、もしあの主人公が、にんじんの親だったら、どうだろうか？

トリュフォーの映画「大人は判ってくれない」も私は好きだけど、いまの私にすれば、

「子供はわかってくれない」

という映画を作りたい。「にんじんの親」という小説をかきたい。

なぜ子供が被害者で、親が、加害者ときまっているのだ。

いまや、親の方が被害者である場合が多いのではないか？

親の方が傷つきやすく、デリケートで、子供の一顰《ぴん》一笑に気を使い、一喜一憂しているのではあるまいか。

『続　言うたらなんやけど』

ところで私が、〈ちゃうん、ちゃう?〉と思うのはまず小学生に英語を教えるという風潮。私にいわせると、英語どころか、である。

いまの小学生には子供なりの、世をわたる常識もない。英語なんかどうだっていいじゃないか。世間へ将来出ていくための、生きるチエをこそ叩きこんでやるべき。

『楽老抄　ゆめのしずく』

「いや、女の子は叱ったりいじけさしたり、してはいけない。女の子はやさしい存在であってもらわないといけないのだから、ノビノビさせるために、叱ったりしない方がよい」

という理屈もあるであろう。

しかし叱られる、怒られる、咎《とが》められる、責められることによって、人は、自分と違う価値観、人生観に出会い、ビックリする。そのことで荒波に揉まれて、想像力が養われ、よりやさしくなる。

私は想像力というのが教養だと思うのだが、やさしい心にとりまかれ、よい環境の中で養われる想像力もあるけれど、まず、フツウの女の子は、抵抗力をかねそなえたやさしさを持ってほしいのである。

『ほのかに白粉の匂い』

女は人に可愛がられるのが幸福なのだ、という神話を、女の子をもつ親は信じていますが、でも女の両手はいつも可愛がるものを求めて宙にさし出されているのではないでしょうか。

『ジョゼと虎と魚たち』

敗戦で区切られて、日本古来の教養文化は中断してしまった。ことに国文学系が軽視されること、甚《はなは》だしいものがある。教育現場の変質、ということもあろう。

昔はよく子供たちに丸諳記をさせたが、現代ではそれが忌まれるようになった。昔が何でもよい、とは言えないが、しかし知識教養は諳記からはじまり、マナブという語はマネブから発している。せっかくの民族の感情・叡智の宝庫を持ちながら、それを後世に伝えず、断絶させてしまっては勿体《もったい》ない。

『田辺聖子全集14』解説

小学生から女学生のあいだ、家の人々のとる読物雑誌や新聞に目を通して、たえず活字に飢えていた。押入れの壁に貼られた古新聞も読み漁り、叔父の部屋に積んであった「江戸川乱歩全集」や「新青年」も貪《むさぼ》るように読んでしまう。

当時の新聞雑誌はすべてルビつきだったせいで、悩殺という字もおぼえたのである。とくに人の名前に強い関心を持ったような気がする。

宝塚の生徒たちが百人一首から採った名をつけているのも、子供の私には魅力的であった。現代ではもう百人一首から採りつくして、多彩繚乱、ちょっと読めないような芸名がつけられているけれど。

『夢の菓子をたべて　わが愛の宝塚』

私の持論をいえば、「百人一首」を小学生の必修課目にして、小学校を卒業する頃にはもうみな、諳《そら》んじている、というふうにしてほしい。中学校を出る頃には歌の意味がわかり、高校を出る頃には作者の人生や経歴のあらましを知る、というようになってほしい。ついでにこれに、中世・江戸の文学史を加えれば、かなり日本という国の文化が体に馴染《なじ》んでくるはずである。いまの若い子の体内水分には、日本の国のエッセンスが何ほど、含まれているだろうか。

『人生は、だましだまし』

子供の記憶力というのを、過小評価してはいけない。

子供は百首ぐらい、すぐおぼえてしまう。(但《ただ》し、深い意味は分らない）それに七五調というのは、日本人の霊肉に沁《し》み入るものとみえて、まことに肌狎《はだな》れしやすく、頭に入りやすい。子供のうちから、七五調になじみ、「百人一首」に肌狎れしておけば、長い人生のうるおいになる——のではなかろうか……と思うものだ。

『田辺聖子全集14』解説

若者人口が減りつつあるので私立大学あたりでは「受験生の負担軽減」を口実に、漢文を入試からはずしているらしいが、これは学生あつめのための媚《こ》びであろう。……と、こういうと、学校経営の当事者は、そんなノンキなことをいうてられまへん、と反駁されるであろうし、何でも昔のやりかたがよいというのは老人世代の懐古趣味や、と一言でしりぞけられるかもしれない。

しかし漢文や漢詩を学ばなければ日本の古典は咀嚼《そしやく》しきれない。かつ、漢文学の簡潔犀利《さいり》な口吻《こうふん》、ゆたかな詩精神を知らないで生涯を過すことは大きい損失である。

——かく申す私だって、床の間の掛軸が、よく知っている詩ならともかく、はじめてのものにぶつかると、読めたためしがないのだが、中国詩人選などいつも座右に置いてたのしんでいる。

人の生涯は長いから、どんなものにたのしみを見出すか、将来のことはわからない。いまの若い人たちだって、長く生きていればずっと先になって日本古典のよさを、漢文学のすばらしさを、思い知るかもしれないのだ。

そのいとみちをつけてやる——三味線ではないが、ほんの手はじめでも馴れさせておいてやれば、と思うのである。

受験生がいやがるから入試から除外する、入試に出ないから高校の時間配分を減らす、ということになれば、教養の土台は全く緩んで、入試テクばかり独りあるきすることになってしまう。

しかく、教養というものは、まわりくどいものなのだ。いつ役にたつかわからない。そういうものの積み重ねで、気の遠くなるほどの長い時間と人生の滴《したた》りが、人間の裡《うち》なる壺に落ち、貯められてゆくものだ。それを教養というのだ。

『楽老抄　ゆめのしずく』

いや実に、学校っていうのは傍若無人な存在ではありませぬか。しかもその傍若無人さの中には、

「そこのけそこのけ、神聖な教育が通る」

という傲慢《ごうまん》さもある。

「ガッコのすることに文句あるか」

という姿勢も感じられる。

「ガッコのすること、どこがわるい」

とも受けとられる。

「うぬらのガキをあずかってやっているのだ。つべこべいうな！」

というのは、すこし、言いすぎましたかな。

『女の居酒屋』

親がどんなにしても、道をそれていく子はあるのです。もう、どうしようもないの。私はそれを六年前にいい、三年前に書いた小説『夕ごはんたべた?』では、「いい子に『育てる』のではなく、いい子に『当る』のだ」といいました。親の責任というけど、子供が大きくなれば親は無力です。子供というものはクジびきみたいなもの、「アタリ」と「ハズレ」とあり、たまたま社会順応性のつよい、いい子をもつ親は、教育のせいではなく、そんな子に、クジびきで当ったのです。——ではないかしらん。

『お聖千夏の往復書簡』

教育評論なんか、デキのいい子供をもつ親にやらせてはいけませんよ。非行少年少女をもつ親に、評論させるべきだと思うのだ。そのほうが、物の本質に迫ってるかもしれない。

それに(私は何べんもいうようだが)デキのいい子供なんて、ガラガラと抽選機のハンドルをまわして出て来たタマのようなもの、たまたま、うまくいったのにぶちあたったのが「アタリー」なのである。わるいのにあたって「ハズレー。残念でした」というようなもので、こりゃ全く運次第。

『女の居酒屋』

私は、世の中をみていて、このごろ思うのに、「いい子」に恵まれるのも、マグレだと思えてきた。子が親にめぐりあうのも縁であるように、親が、自分と仲のよい子にめぐりあうのも、縁である。——私は、教育によって子供が作られていく、とは、この頃思えなくなってきた。人間の性格には、教育以前の、持って生まれた、矯《た》めがたい心の闇があり、それが親と子と必らず相似形であるとはどうしても思えないのである。

『続　言うたらなんやけど』

人間の素質は矯めようとしても矯められない部分があり、そこへ、社会環境や、時代的影響が加わって、親も教師も、防ぎきれないだれがおきる。

うまれつきの性格、というものの力のもつおそろしさを、このごろ、私は四十のゾロ目すぎてやっと考えるようになった。

まさしくそれは「闇の力」である。奥深い根源なるものの牽《ひ》く力である。

『続　言うたらなんやけど』

子供はだんだん親のいうことをきかなくなり、バカにし、そのくせ、親だから何でもするのが当たり前と甘えてくる。この、当今の子供の甘えたるや、鼻もちならぬ。親に甘え、世間に甘え、他人に甘える。

私は、大学生や、学校を出た独身の勤め人が、いまだに親の家から通っているのが、どうにも解《げ》せぬ。親も、ハタチ前後から、子供は抛り出すべきである。

『ラーメン煮えたもご存じない』

親もとや保護者の家から通わせると、炊事洗濯をつい人にたよるので、まるで、亭主関白のようになってしまう。そんなヤワな暮らしを若い女がしていて、ロクなことになるはずない。

世の親は若い娘を一人暮らしさせておくと監督不行き届きで危い、と思うらしいが、あれはむしろ、親許においておくほうが危い。『死なないで』

思ってもみよ。現代、大学まで出して（浪人時代とか、その後の独身時代をふくめて）一人前にしてほうり出そうとすれば二十五年かかるのだ。人生の黄金時代を子育てに追われることになる。四、五人も生めば三十年から三十五年、生涯の大半は育児にささげる勘定になる。ひたすら育児に生きがいをみつけるというエラい人はともかく、凡夫凡婦はすべからく、子供から早く手が離れるように工夫考案すべきである。

義務教育年限がますます長くなるのもけしからぬ。子供に生産のエネルギーを費消して残る人生はすでにロートル、使いものにならないのでは、つまりからっぽのまま死ぬことになる。早く独立させよう。庇護期間があまりにも長すぎるのではないか。子供への責任は早く済まそう。先賢は曰《のたま》う。「子供より親が大事」——心せられよ、おのおのがた。

『言うたらなんやけど』

「ヒゲが生え出すとムスコは、オヤの手に負えんようになるのです、ヒゲが親子のわかれ道です」

『女の長風呂』

可愛げというのは、女よりも男に必要な徳目である。

私はいつも不審なのだが、なぜ世の母親は男の子に立身出世ばかり叱咤《しった》して励まして、可愛げを教えないのであろう。男の人生の成功の要素はよい妻にめぐりあい、彼女に支えられる部分が実に大きい。しかも一生の幸・不幸の最大の別れみちでもある。男と女の相性《あいしよう》は、これは神様の領分だから、教えて教えられるものではないが、しかし男によくいる、何となく憎たらしい男、頑固、陰険、分らずや、威張りたがり屋、女性蔑視《べつし》などは、持って生れた性分に加え、母親の情操教育が悪かったのだと、つくづく思わされる。

天性、持てる可愛げも、玉磨かざれば光りなしで、母親は男の子のうちに、「女の子に可愛がられるような」愛らしい性質を発見してやり、それを伸ばしていくよう、育てるべきである。

人生の幸福、という点からいうと、学歴よりそっちのほうがずんと比重が重い。

『死なないで』

男が「えらぶのはオレだ」なんて思い上がってるから、カスをつかむのだ。ヤル気もなくワガママで無能で薄情な女を、猫をかぶってるとも知らず、えらんでしまうのだ。

男は思い上がりを捨て、「イイ女にえらばれよう」という謙虚な気持ちをもつべきである。

男の子の親たるもの、リッパな、よくできた女の子に、かわいがられるような男の子に育てるべきである。東大を出たって、かわいげのない男の子には、「ヤル気」のある女は寄ってこないのだ。男のかわいげが、男の持参金といってもいいのだ。

『おせいさんの団子鼻』

「気のつく」ということは礼儀や慣習からするのでなくて、相手に対する思いやりや、好奇心からである。年齢に応じた好奇心である。

ボサッとして手をくだすすべを知らない子は、あれは好奇心が湧かないからで、好奇心というのはこの場合、愛情といってもいい。「暑い？　窓、開けようか」「重いでしょう。持ちましょう」「お茶でもいかが?」「えーと、電車の最終は○時です。ご存じでした?」

よく気をつけて、人と人との間に橋渡しをし、糸をつないでちょうだい。一つ、また一つ、笑顔の花びらをつないで、首かざりにするために。よく気のつく若い女の子(男の子もむろん!)を見るのはオトナの喜びであるが、若い人たち自身の人生の充実のためでもあるのだ。

『ほのかに白粉の匂い』

幸福とは、私の考えによれば、とてもいいものを心に持っている人が、自分を愛してくれ、自分も相手のよさを愛していることを、その人も喜んでくれている、そういう状態をさすのだと思う。その「よさ」を「よさ」とみとめるのは、人によって違うかもしれない。しかし男のうちなる、ある種の「よさ」を、もしかしたら扼殺《やくさつ》してしまっているかもしれない、現代の男の子教育を、私は、女たちのために悲しみ惜しむ。

『死なないで』

小説を読まなくても、べつに死ぬわけではないから、一年に一冊も読まなくても、それはかまわない。

しかし、小説を読まないで年を重ねてゆく人は、どこかしら、動脈硬化して頑固である。

（尤も、小説を書いている本人でも、老いると頑固になり、動脈硬化になるから、それは無理ないかもしれないが）

頑固になると、自分のいうことが、みな、正しい、と思う。

相手の発想は、自分とは全くちがう、ということを理解しようとしない。

昔、私は学校で、

「刻舟《こくしゅう》」

というコトバを習った。

人が舟から水中に剣を落とした。あとで捜しにくるつもりで、いそいで舟べりに刻み目をつけて、場所のしるしとした。舟が動くのを忘れていたのだ。
自分が正しいと思っている人にも、そんなところがある。

『ラーメン煮えたもご存じない』

本を読むという作業は、文字（人間の発明した最も高度の文化）をたどって、自分の想像力を開発し、養ってゆく営みである。されば心象風景のできごとはしばしば現実のより強く美しく、あざやかに定着するのかもしれない。読書は実人生のほかに更に深い、美しい心の王国をもたらすのであろう。

『楽老抄　ゆめのしずく』

若い人よ、多く深く本をお読み下さい。
私は、もし青春時代に還れるならば、という悔いは一度も持ったことはないが、ただ一つ読書に関してだけはある。私はあまりに文芸書関係になずみ過ぎた。若い方たちには、広く自然科学も人文科学も、哲学も宗教も、貪欲に読んで頂きたいと思う。――あとで読もうと思っても果せぬことが多い。人間の読書の手持ち時間は、意外に少いのである。

『楽老抄　ゆめのしずく』

家庭の幸福に関するヒント

結婚相手を選ぶときの基準はなにか？　夫婦とは？　結婚生活の基盤とは？
世の娘たちと青年へ、とっておきのアドバイスを与えるなら——。

集英社『田辺聖子全集』第6巻　月報より

あの日、その時

二〇〇〇年十二月七日に著者が描いたスケッチ。ある日の、家庭のワンシーンである。「私は下手ながら、気が向くと、色鉛筆や色の筆ペンでの寸描をたのしむ。このころは、夫はまだ元気で、私や母、ミド嬢の会話にも入っていた」（全集第24巻　月報より）

ところで、私のもとへも、女子大生や若い娘さんがちょいちょいやってくる。私は彼女らに、〈合わせものは離れもの〉と教え、「ウマが合う」ことをすすめるが、まだ人生経験の少ない娘たちは、どんなのがウマが合うか、よくわからない。

よって私は、ヒントとして、次のような点をあげる。

一、蝶よ花よ、と大事に育てられた男は避ける。チヤホヤされて大きくなった男はつきあいにくいしろものである。有責配偶者となる公算大。

二、我《が》の強くない男がいい。女が常に屈服するというのは精神衛生にわるい。

三、男の野心がないのがいい。家族はその犠牲になってしまう。

四、サムライでないのがいい。といっても、これは程度問題で、あまりに廉恥《れんち》を重んじ、信念に生き、志操《しそう》高潔という男は、友達に持つのはいいが、夫にすると荷厄介だ。人生はゲリラにならねば生きのびられぬときも多く、ウソもつき、信条も曲げねばならぬこともある。だから、このへんの呼吸のわかっているオトナのサムライならよいのであるが……。

五、女をなぐさめる能力のある男。男はつねに女になぐさめられたがっている動物である。とはいえ、男をなぐさめるばかりでは、女の息がつづかない。「妻だけが時世のせいにしてくれる」（柴田午朗《ごろう》）という川柳があるが、いつもいつもそれではなく、たまには女をなぐさめることのできる度量の男。

――と、まあ、こう結婚相手を選ぶときの基準を考えてきて、これは、男と女を入れかえれば、男が妻を選ぶ目安にもなるなあ、と思った。しかしこれらの基準に合致した相手を配偶者としても、人生の一寸先は闇、どうなることやら誰にも運命は分かりはしない。「合わせものは離れもの」、これは冷厳至高《れいげんしこう》の哲理であろう。さきに古人というたが、ナニ、死んだ私の曾《そう》祖母の口ぐせである。結婚式場のみならず、家庭裁判所などにもこの箴言《しんげん》を垂れ幕に書いて掲げておくのもよろしからん。

『天窓に雀のあしあと』

もし、私が、若者にいうとすれば、青年たちには、よい妻を得るよう努力せよ、というアドバイスだ。

つらつらおもんみるに、男の一生の幸・不幸は妻による。仕事、なんていうのは昔ニンゲンの考えで、妻がよければ仕事もできる。「妻こそわが命」であろう。

よい女を妻に迎えようとすれば、よい男でないと来てくれない。バカな男、気立ての悪い男に、賢い女、気立てのいい女がつくはずがない。よい女を妻に迎えるよう奔命せよ。

また、娘たちには、自活せよ、自活するに足るだけの気力と職業をもて、とすすめたい。よい仕事ができる女には、男なんてほっといてもついてくる。高下駄の雪みたいなもんだ。結婚なんてお天道サンと米の飯同様、女にはついて回るのだ。

『続　言うたらなんやけど』

主婦が昼間、家にいようといまいと、「家庭」の幸福とは関係がないようだ。主婦が終日在宅しているから、家庭の団欒が約束されるとは限らない。

家庭の幸福、という富は、夜の数時間に圧縮しても得られるんじゃないか、と私は思うようになっている。夜しか顔を合せられない家族を、人生的に貧しいとはいえない。

では家庭の基盤は何かということになるが、私は、

「顔を見てホッとする顔があつまること」

ではないかと思っている。


『ぼちぼち草子』


人間が自分の個性を守り、それを磨くにはコマゴマした雑事を、ある期間ブッツリ断つことが必要だが、あわれ女の肩には生涯、雑事の重荷がかかっているのだ。

いや、女だって近ごろは、けっこう時間が余っとる、その時間をなぜ向上発展のために使わないのだ、といわれそうだが、時間があまってもこれはコマギレで、永久に中断される運命にある。すぐ食事の時間がくる、買物の時間がくる。その中断は象徴

的である。中断された女の時間は、女の個の人格をズタズタにし、コマギレ知性にしてしまう。

よって女はつい、家庭生活に埋没してしまうという落ちこみ方をする。とにかく家事に没頭していれば、頭を使う苦しさもいらず、個性を守る戦いも放棄できるし、一生無事にすぎてゆく。古来からの女のありかたの仕組の中へ、ズルズルになだれこんでしまう。女が、育児・教育に熱情を傾けるのは、それが安易な、しかも唯一のクリエイティブな場だからだ。

『言うたらなんやけど』

しょせん、この世は男と女しかいないのであれば、女が男を作り、男が女を作るもの、片方がダメで片方がリッパ、ということはありえないのである。そうしてこれは私の年来ひそかな確信であるが、男と女がいた場合、どっちか低いほうの水準へ引きずりおとされてゆくのがふつうで、どっちか高いほうへ引き上げられてゆく、というケースはまれである。

『言うたらなんやけど』

外へ出ている妻は話題が豊富、ということになってるが、話題は外界から生れるのではない、その人の性格と感性から生れるのである。

『性分でんねん』

私は世の奥さんで、旦那のワルクチをいうのに日も夜もない人の、その心理がわからない。

私は、男がそばにいる女の幸せを、妻はもっと感謝すべきだと思う。やっぱり、男がいるのと、いないのとでは、女の人生がちがう。男がそばにいない運命の女たち、離婚者や、まだ相手にめぐりあっていない未婚者や、未亡人はしかたがないけれど、幸いに、男が丈夫で仲もわるくなく、暮らしている女は、どんなふうに男をだいじにしても、しきれないぐらい、だいじにするべきである。

――というのは、私は三十八で結婚したから、独身者と結婚者の二つの世界を経験した。どっちもいいところがあり、どっちもわるいところがあるが、しかし、自分だけの男が、行住坐臥《ぎょうじゅうざが》、自分のそばにいるという愉しみは、これはほんとは、たいへんな幸福なのである。

それは女をふかい意味で生かし、この人生において、生きることの何たるか、愛することの何たるか、たのしく老いることの何たるかを教える。

『言うたらなんやけど』

私は、自分で子供を持たないせいか、「これこそわが骨の骨、肉の肉なれ」という一体感が理解できず、血は水より薄い、と思っている。

人間の性格の合う合わぬは、血ではない。私は、肉親同士で全く、気質の合わぬ親子・兄弟を今まで、数組、見た。

私は、血の濃さ、などを信じない。

『ラーメン煮えたもご存じない』

肉親は、他人より遠慮がないものである。(当り前だ)
何でもうちあけられる。
親兄弟には、弱味を吐いたり、グチをいったり、できる。夫、妻、子供、そういう人々には、あけすけに泣きごともいえるし、うれしいことも手放しで自慢できる、というものであろう。また、それなればこその肉親かもしれない。
しかし私の思うに、甘えられる間柄だから、よけい、心して、遠慮しないといけない部分があるのだ。肉親こそ、他人よりもよけいに気を使わないといけない場合があるのだ。

『ラーメン煮えたもご存じない』

「気のつかない」というのは男性の通弊のようなものだが、人とのつきあい、ことに家庭では家族相手に「気のつく」ということが、生涯の幸福と不幸の分れ目になる。

想像力や推察能力を駆使して思いやり、いたわり、好意や愛を小まめに示し合う、それが「気のつく」ということである。想像力に乏しい、血のむすびつきによりかかった横着な、人の心の動向に疎漏《そろう》で鈍感なのが「気のつかない」ということである。

『花衣ぬぐやまつわる……』

夫婦とは、気ごころの知れた関係である。

ということがいえる。（と、思っている）

〈気ごころ〉は、とても大切で、しかも摩訶不思議なものだ。浅いつきあいでも、すぐ〈気ごころ〉が知れるときもあるし、長い交りでも、（いまいち……）というところはあるだろう。

〈気ごころ〉が知れる、というのは、では、どういう場合をいうのだろう。多分、それは自分の理解圏内に相手が矢を飛ばしてくることだろう。

『人生は、だましだまし』

夫を尊敬できないということは、妻に静かなる絶望を強いる。

男は妻を尊敬できなくても、平気で結婚生活をつづけていける。妻への感謝を尊敬ととりちがえて平気な男も多い。

しかし感謝と尊敬はちがう。

男にあっては妻はもともと敬意を払うに価せず、義務さえとどこおりなく果していれば気にならないらしい。これは戦前はもとより戦後も現代も大方の男性の意識にあることだろう。

しかし妻が夫への尊敬と信頼を失ったら、結婚生活の基盤は崩壊する。

やる気をなくしてしまう。


『花衣ぬぐやまつわる……』

私は元来、結婚は、してもしなくてもいい、と思っている。ひと昔前のように、国民皆《かい》結婚、という社会の思潮がそもそもおかしい。そしてその規約からはずれた（あるいは、はずれることをやむなくされる境遇に置かれた）人を、さながら人生的欠陥者であるように貶《おと》しめる風潮に反撥を感じていた。いた——というのは、最近はややにその弊風あらたまり、恣意《しい》的シングル志向が市民権を得たから。

『人生は、だましだまし』

人と折り合いよくやっていく、——ということは、とてもとてもむつかしいもの、しかし愛と、そして少しばかりのテクニックがあれば、むしろこよなくたのしくなるもの、気分のいい人をそばに置いているたのしみは、この対象が男であれ女であれ、すばらしいものであるのだ。いい人格が発する匂いは性を超える。

二人暮らしのたのしみは、女のひと同士でも味わえるんじゃないか——と私は夢想している。

それからして、私は家庭を、血縁集団だけに限定したくない。気の合う人間が翼を寄せ合せ、体温をたしかめ合いつつ、輪になってかたまる、それも家庭・家族だと思うのだ。

『死なないで』

葬式はごんちゃん騒ぎで

「あるとき、はたと思った。老いの幸福というのは自足を知ることである、と」
五十、六十、七十と、過ぎて気づいた人生の、景色の変化というものは——。

あの日、その時

昭和三年五月、生後六十五日の著者を抱く母。そして昭和十七年、鉄カブトを被った中学一年生の弟と並ぶ、もんぺに白割烹着という戦時風俗の母。一九〇五年、明治三十八年に生まれた母、勝世は、二〇〇五年十月に、百歳で逝った。

私は若いときは自分の団子鼻をたいそう苦にしていた。それは十代二十代のころである。三十代になると仕事に欲が出てそれどころではなくなり、四十代になると、団子鼻にも
「いうにいえんよさがあるのやないか」

とうぬぼれ、五十代になると完全に忘れてしまった。

鏡を見て思い出すが、しまいに鏡を見ても忘れてしまう。

忘れるまで五十年かかる、ということもいえる。五十年たてばたいがいのことは気にならなくなり、忘れてしまう。

『おせいさんの団子鼻』


かねがね私は、殺人の大罪を犯す人（それも物欲からの計画殺人というような本物

のワルは別として、カッとして激情のあまり衝動的に殺してしまうような人）に、自分の性癖を重ね合せ、自分もいつ人殺しをしないとも限らないと怯えていた。痴情の果て、憎悪の果て、突発的な殺意を抱いて刃《やいば》を振わないと誰が保証できよう。ほんの少し運命が逸《そ》れたばかりに、法廷に引き据えられているのが自分でなくてよかった、と思う。運命の骰子《さい》の目によれば私が刃を握り、法廷で裁かれている人が、私のこの机に向ってペンを握っていたかもしれないのだ。

私はそういう考えを、今まで捨てられなかった。人間の罪の中で最も大きい「人ごろし」という罪を、いつ私も犯すかもしれないという不安感が、潜在意識的に退《の》かないのであった。

六十になって、やっとその不安は消滅した。

もう、ここまで来たら、私も人ごろしはしないですむだろう。

第一、究極の憎悪、というのがなくなった。

痴情の果て、というのは恰好いいが、究極の嫉妬も、「殺してやりたいほど憎い」という沸騰点まで達しないうちに、いつか、ナアナアで終りそうである。されば、カッと逆上したあまり、いつか果物ナイフを……ということにはならないと思われる。

私はようやく安心している。

それから人を責めてはいけない、と思うようになる。これは、それまでの私が、いかに人を責めていたかのあかしであろう。私は若い時から、平気で、周囲の人間に、「……したらよかったのに」「……しないから、こうなった」とよくいっていた。それはまた、私に対してもそういう人間に取り捲かれていたからだ、といえる。つまりお互い、責め合う人間関係だったのだ。

これが、五十すぎて、「しんどく」なってきた。すんだことを責めてもしかたがない、と気付くのは、私の場合、五十になってからである。

『性分でんねん』

「乗り換え、乗り換え——。体力下降・気力減退線にお乗り換え願いまあす」

その連呼を耳にとめて、人ははっと我に返る。

そうか、ここで乗り換えしなくちゃならぬのだ。いつまでもこの線でいいと思っていたのは、誤りであった、ここから別の支線（それがあるいは本線・幹線かもしれぬ）に乗り換えて生きなくてはならないのだ。

人はあわてて荷物をまとめ、発車間際の電車から飛び降りるのである。

そうやって、乗り換え乗り換えして乗り継ぎしつつ、終点までやっていくのが、人間の一生なのかもしれない。


『乗り換えの多い旅』

闇のホームで、人の気も知らず軽やかに、

「乗り換え」

の声がひびく。

人は夢からさめて重い腰をあげ、電車を下り、跨線橋を渡って別のホームへたどりつき乗り換え電車に乗るのである。

ことにその乗り換えが辛いのは、人と死別したとき、また、愛を失ったときではなかろうか。

愛する者との仲を死で裂かれる、これはたぐいもない運命の理不尽である。その人といつまでも同じ電車に乗っていられる、と思いこんでいたのに、自分だけ、乗り換え駅で乗り換えなければならない。どうしようもない。

一人で乗り換えた支線は心ぼそく淋しく辛く、いつまでも慣れない。ありし日の思い出、昔の夢に涙するばかり、あたりに気をくばる余裕もないであろう。

そのうち、ふと、涙のあい間に、窓の外の景色に目をやるようになる。外は快晴である。個人の悲しみなど知らぬ気《げ》に、晴れやかな眺め、それにふと心奪われたとき、まさにそのとき、

「乗り換え――乗り換えの方はお急ぎ願います」

という声。

悲しみからやっと立ちあがったとき、その人は、乗り換えて別の人生を生きるわけである。

『乗り換えの多い旅』

人生の景色の変化というのは、たとえばこんなことである。

旅にいる身の心持ち。若いときの旅は過密スケジュールを消化するのにいそがしく、何かを見逃がしても、惜しがりもせず、

(そのうちいつかまた来ればいい)

と思い捨てていた。

いまはちがう。旅の風趣がすべて身に沁み、

(ああ、もう二度とこの町へも来ることはあるまい)

と思う。万物みな、一期一会のなつかしさ、しかしそれは若い人が想像するだろうように、悲しくも淋しくもない。ほっとするような安らぎである。何もかもがこの世での見納め、と思えば、時間も濃密に流れ、人生の楽しみの底は深くなる。

わが身は変らぬけれど、まわりの景色が変ってゆく、それを知るのは面白い。

『楽老抄　ゆめのしずく』

今は世に時めいている巨星たちでも、思想でも主義でも、いつかは必ず交代して座

をゆずり、おちてゆくのだ。

われわれ庶民は、それを仰いで感慨にふけっているだけだ。しかし世に時めいているものの本質を疑い、考えることはできるのだ。

それゆえに、庶民はみんな長生きすべきである。長生きし、より狡猾になり、より疑い深くなり、真実について考えをひろめるべきである。

『続　言うたらなんやけど』

老いは驚きや発見を失うことなのだ。

しかし私はそれを悲しむよりは、そういう〈老いの風景〉に興味を感じて、面白くてたまらない。若い人は、〈何をみても既知感があるなんて、人生索莫たるものじゃありませんか〉というかもしれないが、これが案外そうではない。

ああ、こういうの、以前にもあった、……と思うのは何だか手馴れた温《ぬく》みに漬かっているようで心地よいものだ。人生そのものが、ようく使いこんで身に合ってきたという風情である。

『楽老抄　ゆめのしずく』

他人はエライが、自分もエライのだ。よく戦ってきたじゃないか。満身創痍《まんしんそうい》の身で戦場を馳駆《ちく》し、生き延びた。

〈自分もエライんだ〉

と思わなきゃ、長生きしてる甲斐もないじゃないか。そしてまた、

〈人生は長い〉

と思え。笑うこと、楽しいこともいっぱい、あった。六十代づれが、〈人生は短い〉とは、

〈笑わせるぜっ！〉

といいたい。

将来《さき》は長い。七十は、もういっぺん、人生のネジを捲くべきときである……。

『ひよこのひとりごと』

剣道の修練を積んだ人が、長くお面をかぶっているうち、面擦れができるように、人も〈生き擦れ〉ができてからの考えかたのほうが深いであろう。生き擦れ、というのか、生き胼胝《だこ》というのか……。

『残花亭日暦』

若いときは、「こうしたらよかった、ああもしていたら」という気が強く、自分を責めてばかりいた。今は、「ああしなくてよかった、こうしてよかった」という自足《じそく》の念が強い。

あるとき、はたと思った。老いの幸福というのは自足を知ることである、と。鈍根《どんこん》の私は七十すぎて気付いた。「ねばならぬ」の強迫観念から解放されるのに七十年も掛かったというのは自慢にならない。『武玉川《むたまがわ》』の句に、

慾《よく》に離れてにぎやかな家

というのがあるが、貧しければ貧しいなりにたのしんでいる人々。私の家も若者はみな巣立ち、年よりばかり沈澱《ちんでん》し、その世話をしてくれる人々とで暮らしている。私は、「家庭」というものは、そのとき顔を合わせている人々で成り立っていると考えるようになった。介護のヘルパーさんにしろ、お手伝いのパートさんにしろ、その日、顔を合わせた人々で、ウチは家庭をかたちづくっている。

『一葉の恋』

ともあれ、私は、老年期に入って一つの夢がある。友人知己とともにはいる、たのしい老人村というか、老人ホームというか、そういうものをつくりたいのであって、「血にたよらない家族、家庭」というのが理想である。

もう、そこへくると男も女も性差なく、一家族になってしまう。

そうなるには、男同士の友情より、女の友情のほうを、私は信じている。組織や階級意識や家族の軛《くびき》に縛られない、女一匹のサムライたちのほうに自由でたより甲斐ある人が多い。(それはいまの、中年の時点で、だけれども)

そういう友人と支えあって暮してゆければいちばんいい、と思うものだ。

『楽老抄　ゆめのしずく』

私は、本音をいえば葬式にどんちゃんさわぎをやってほしい。

文庫本くらいの私の写真だけを飾っといて、みんな、たらふく、たのしく飲んだり食べたり、してほしい。会費制なんて、そんなみみっちいことはしない。私は友人に恩を受けること多かったから、せめてそれぐらいのお返しはしたい。

香奠など一切取らない。あれをうけとってお返しを施設に寄附したりするのがはやっているが、あれは私の感覚でいうと、見当ちがいも甚だしい。人の褌で相撲とるようなものである。香奠にしろ、祝金、見舞金にしろ、人に貰ったものは半分なり三分の一なり返すのが、日本古来のしきたりで、貰いきりにしてヨソへ寄附したというのは、本末転倒である。寄附したければ自分の金で寄附をせよ。『歳月切符』

突如、老母は聞く。

〈それで、わたしはいま、なんぼになったんやろ?〉

私が九十三だというと、老母は愕然とする。

目は頓狂《とんきょう》に丸くみひらかれ、口はO形に開いたまま、鼻の下は長く引っぱられて、鼻孔も伸び、茫漠《ぼうばく》たる過ぎし時間の累積、あるいは残骸に、ただ驚倒する、という風《ふ》情《ぜい》である。

そして老母はきわめて哲学的な質問を、私を主に、夫や、アシスタント嬢に向かって発する。そこには純粋な疑問と驚嘆がある。

〈わたし、そんなトシになるまで、何してたんやろう⁉〉

――人が死ぬときに(何してたんだろう、九十いくつまで)と思うのは、かなりの、(いい人生じゃないか?)

という気が私にはある。何となく生きてきた――と顧み、何してたんだろう、と思うのは凄い。あれもしたかった、これもしたかった、と思うのは、すこし、品下《しなくだ》れる気もする。それに、苦労は忘れてしまえば、元々、ないのと一緒であろう。

『iめぇーる』

一日一日は長かったのに、終ってみれば何とあっけなく短い夏休みだったことだろう。人はその生を終るとき〈夏休み〉のところを、〈人生〉におきかえて、同じ感慨をもつのだろうか。

『楽老抄　ゆめのしずく』

人生でいちばんいい言葉は、

〈ほな〉

である。
これは席を起つ（人生の席でもある）ときの挨拶である。ほんなら（そんなら）これで失礼します。みなさん、お先に。面白かった、ありがとう……という意味である。

『楽老抄　ゆめのしずく』

カモカのおっちゃんという男

西郷のような顔つきの大男、カモカと中年にして出会い、結婚。
以来、三十六年間をいっしょに過ごした。
その日々の、どれほど楽しかったことか——。

あの日、その時

一九九八年十二月五日、夫、川野純夫と自宅居間にて。遺影にはこの笑顔が使われた。二〇〇二年一月に逝く。

中年といっていい年頃になったとき、私は大人の社会へ入ったと思い、大人向きの小説を書きはじめ、そのしんどさといったら、なかった。

そういうとき、私は一人の男と知り合った。彼はべつに文学好きでもなく、文学志望者でもなく、ごく常識的な中年のおっさんで、どこから見ても私と人生が交叉する接点の、あるはずもない男であった。

この男の妻が、男の表現によれば、

「何やしらん、急に、モノ書きだしよってな――中年から」

ということになり、妻は本当は学生時代から（京都の立命館大出身であるが）物を書きたかったらしく、しかし志望を胸一つにおさめて結婚したようだ。そのへんは私の世代の仲間たちと一緒だからよく分る。仲間の文学志望者の女友達らは、家庭に埋没するほうに人生の意義を見出したのであるが、男の妻は婚家の大家族の中で不屈の闘志を失わず、四人めの子供がやっと幼稚園に入って手が離れてから猛然と書きはじめ、同人雑誌に作品を何篇か載せ、その一つが私と同期に直木賞候補となった。「廓育ち」の川野彰子である。ところが川野彰子はその年の秋にポッと急死してしまった。

まだ身近に死者を送ることが少なかった若い私は、衝撃を受けた。彼女はたしか昭和二年生れだったと思うから、三十七ぐらいの若死にである。同期の候補ではあり、住居も尼崎と神戸で近く、仲ヨクなりかけていたところだったから、私は落胆した。彼女を妻にしていたのが、さきの中年のおっさんで、だから私は、川野彰子の死後、おっさんと知り合ったわけである。　　　　『かるく一杯』

前妻と四十いくつで死に別れた彼は、ひたすら、〈飲み相手〉に困っていた、というのだ。彼いわく、
〈友達は、時間来たら帰りよる。子供らは見たいテレビだけ見ると、二階へ寝にいく。妹は二階から降りてニヤニヤしながら「まだ飲んでんのん、アタシもう寝るから、お皿やなんかの汚れもん、水に漬けといてね」なんていうて寝にいく。寄ってくるのん、

猫だけや。猫あいてに飲めるかい！〉
私はいう、
〈結局、飲み友達が要《い》るっていうだけやないのさ〉
〈それこそ人生の一大事やないか、酒飲んでしゃべり合う、それが男と女の、正しいありかたじゃっ〉
『田辺聖子全集5』解説

私が『女の長風呂』を出したのは昭和四十八年（一九七三年）が初刊、「週刊文春」見開き二ページの連載エッセー、一年の約束が有難いことに〈好評につき日延べ〉、とうとう十五年に及んだ。主人公の〈カモカのおっちゃん〉は私の創作のハズなのに、たまたま挿絵の高橋孟《もう》さんが、おっちゃんの顔をマンガ化されたため、おっちゃんイコール、カモカのおっちゃんと思われてしまった。彼はみずから暗示にかかったみたいで、次第に〈カモカのおっちゃん〉的風貌と挙措《きよそ》、発想を採用するようになり、私と彼とでそれを娯《たの》しみあうというのも面白かった。——いや、人生中歳にして、気の合う異性とめぐり合う、というのも、中年初老ニンゲンのこよないたのしみである。

『一葉の恋』

どうして、結婚と恋愛を、分けなければいけないのかなあ。

私は、同じだと思う。

私は、いまの夫に、とってもくどかれて、それからすてきな恋文をどっさりもらって、有頂天で結婚したけれど、私の方も、こんないい男ないと思い、それは結婚以来あしかけ九年のいまでも同じである。

ひょっとすると、変質しない私に対して相手はうんざりしているかもしれないが、毎晩いっしょに飲むお酒のたのしさは、昔からちっとも変らない。

この年になって、いまだに、彼が夕食のため台所へくる足音をきくと、心ときめく、といったら、クラスメートの友人に、ギュウと青痣《あおあざ》が出るほどつねられた。ええかげんにせえ、という。

そういうことをいうのはごくいや味で、聞いた方は憤怒のあまり、首をしめたくなるんだそう、つねられた位で済んで幸せであった。

毎朝、眼をさますのが楽しみ。いつも好きな男が横にいるなんていいなあ、――なんていうと、こんどは脇腹を、ぶすッとやられるかもしれない。もうやめます。

『続　言うたらなんやけど』

私が夫の家へ来た頃は、姑・小姑・義理の子供とたいへんな人数であった。その中で暮らすには、物書きの自我、女流作家意識はひっこめなければならぬ。自分の部屋で仕事をする、ほんの数時間だけ、自我を出せばよいのである。たくさんの義理の仲の人間あいてに暮らすときは、自我があっては衝突になってしまう。

私は、自我定期券説である。

定期券を改札口で出してみせるように、出すべき処だけ、自我を出せばいいのであって、いつもいつも出してみせびらかすものではない。

私の場合、自我の定期を出したりひっこめたりしているうちに、いつか、顔パスとなって、いちいち出さなくともよいようになり、ついに、自我は根負けしてなくなった、ということも考えられる。

『浜辺先生町を行く』

三十六年、私と「彼」は、毎日、おしゃべりをして倦《う》まなかったが、皮切りはたいてい世相批判であった。医学生だった彼は戦争に徴兵されることはなかったが、同世代の友人はみな戦死しており、彼はそのことで、〈いまの連中みたいに、皇室観や日本史観をクラッとかえること、でけへんですワ〉という。私のほうは彼より四歳下だが、

〈へえ。川野サンって頑固ねえ。あたしはすっかり変わった、と思うわ〉といったら、

〈女はよろしよ、変わっても。しかし男には含羞《がんしゅう》、いうもんがありますからナ。思想でも好みでも、急に変わるのに、含羞がある〉

小型西郷のような顔つきの大男と「含羞」が釣り合わなくて私は笑ってしまった。

（しかしそれでいえば、現在の私はまた変わり、川野に同調している。そしていまだに戦争直後の信条思想に拠《よ》っている人を、頑固だと思うことがある。川野の含羞には笑わせられたが、彼ら彼女らからは含羞は感じられない）

ともかく話が尽きなかったので、これではいつも一緒にいれば、しゃべりやすいということになった。『iめぇーる』

私は夫と、このへんの海岸から、紀国屋文左衛門がみかん船を出したのだろう、ということを言い合った。大時化《しけ》の中を決死の覚悟の死装束、水さかずきで出発し、無事、荒天を乗り切って江戸へ着いた彼らは、やんやの喝采を博し、男をあげたのである。

「男の心意気ね」

と私がいうと夫は、

「なあに、欲と道連れや」

という。そうして、このパターンは、われわれ夫婦にとってあらゆるものに適用される会話で、もし夫が、男の心意気を称揚すれば、私は欲と道連れの無謀を指摘するであろう。

『浜辺先生町を行く』

昔、子供たちが小さかったころ、〈子供憲章〉はたった二つだったっけ。一、メソメソするな。二、喧嘩するな。いちばん小さいミッコが、あるとき、

〈お父チャンのきらいなもん、なあに？〉

と訊《き》いたことがある。彼は言下に答えた。

〈泣き声〉

〈ほんなら、好きなもんは？〉

〈笑い声〉

ミッコは歯ぬけの口をあけ、ケタケタと笑い、〈アヽヽ、アタチの好きなんは、イノウエのチョコボールや〉といった。

『残花亭日暦』

――彼は鹿児島、私は大阪だが、共に焦土から出てきた同級生であったのだ。私の文学修業仲間はみな若かったので、私も一緒に若いように思い、現在位置の確認ができていなかった。私はおっちゃんと暮らして、やっと自分も立派な〈女のおっさん〉であることを確認したわけである。ふわふわと生きていた私は、おっちゃんによって錘《おもり》がさがった思いをした。

『一葉の恋』

「肩を揉め」
「ハイ」
「腰を叩け」
「ハイ」
現代の若い人は、こういう会話だけを活字でよむと、返事の方は、夫がしていると思うかもしれない。しかし、この返事は私である。そうして戦前派の男ならば、これは当然のこととして満悦するであろうが、夫は戦中派男である証拠に、ときどき、この会話の発言順が逆になっても、べつに怒らないわけである。

『浜辺先生町を行く』

彼の医業の腕前のほどをいう資格は私にないが、日常の中で、ぽろりと職場のことをいうときもあった。

〈医者は人を責めやすい立場やから、責めてはいかん〉

〈何も言い返されへんような人に、ボロクソにいうてはいかん〉

私には、右の言葉は、若いときから大家族を養わざるを得なかった人生の自戒のようにも思えた。

『一葉の恋』

酒の飲みかたにルールがあると知ったのも、彼といっしょに飲んだからであろう。酒の肴に人のワルクチというのがあるが、これは私怨、私憤のたぐいであってはならぬ。

身内の愚痴、はたまた、わが一身の病苦、これは各人の背負うべき人生の業苦だから、人に洩らしてはならない。宗教、政治、これも同席する人に憚りあり、すると消去法でいって人生論、昔の映画の思い出、男・女の優劣論、政治家月旦、などになって弾むことになる。神戸のことなので、酒は旨い。「大関」「金盃」など飲んでいたと思う。毎晩飲んではしゃべっていた。

『楽天少女通ります』

彼は案外、人に好き嫌いが多く、しかしそれを言挙《ことあ》げしない。好きな人は、これはいわなくてもわかる。団栗眼《どんぐりまなこ》が嬉しげにみひらかれ、唇《くち》もとがだらしなくゆるみ、喜色満面という風情。

嫌いな人に対するときも、忍耐強いほほえみを浮べているので、慣れない人にはわからない。嫌い、と揚言することは決してない。人のワルクチに類することは口にしない。〈なんでワルクチ、いわないの？　あたしなんか同じ穴の貉《むじな》、という感じで共通の嫌いな人のワルクチ言い合うの、好きやわ〉と私はいったことがある。彼は重々しくいう。

〈理由《わけ》は三つ、あります〉

〈へえ。何やのん？〉

〈一つ。いうたら気の毒である〉

私は笑ってしまう。

〈二つめ。ワルクチをいうと、自分も同じレベルになる〉

しゃらくさい。

〈三つめ。自分は彼を、よう知ってるつもりでワルクチをいいたいが、しかし自分の知らぬ美点も、あるかも知れん。そう思うといえません〉

〈ヘーン、だ〉

と鼻で嗤ったものの、私は、（ヘンなオッサンだ）と思わずにいられない。彼が、どうしても好悪《こうお》を言明せねばならぬ立場になった時は、〈嫌いだ〉という代りに、〈変った奴っちゃな〉というのであった。

『残花亭日暦』


ゴハン党の私であるが、夜に限り、米粒は液体で摂取する。

「若うもないのに、いつまでも若い時と同じように思うて仕事してはいかん」

おっちゃんはヒトゴトと思うから、のんびりと説教する。

「そもそも、人間にはおのずと持って生まれたランクがある」

「天は人の上に人を作らず……と一万円札はいうてるよ」

「次元がちがう。このランクはどうしようもないのです。まず、天才というのが上にある」

「それは、まあ」

「その下に秀才がある。その下に庶民がある」

「凡才というのはないのですか」

「凡才というのはそもそも矛盾したコトバである。『才』というのがつく以上は、

『凡』ではないわけですな」

おっちゃんは私の盃《さかずき》に「老松」をついでくれつつ、

「秀才の中は三通りに分れる。大・中・小である」

「トレパンみたいだな」

「大秀才。中秀才。小秀才」

「フーム。その下は何ですか」

「下が庶民である」

「女が庶民の下へいく、なんてことはないんでしょうね」

「それはおまへん。男女平等ですからな、女もひっくるめてのこと、いうてます」

おっちゃんはきっぱりいい、

「ただし、庶民の下に『アホ』というのがくる。いちばんが天才……」

「ちょっと待った、天才には大・中・小はないのですか」

「おまへん。天才は一人」

おっちゃんという人は、アホな主張をするとき、やたら自信をもって断言する人である。

「天才。大秀才。中秀才。小秀才。庶民。アホ——と、こういう順序で世の中はできあがっておる」

笑《わら》かしよンな。

『女のとおせんぼ』

私の友人の一人は、かるいうつ病になったとき、お寺の墓地のお墓をみてあるく、といっていた。逆療法だそうである。いろんな戒名を見ているうち、幼くして死んだみどり子の墓などある。古い時代のものはいい戒名がついている。「夢幻童女」「幻泡童子」、などという朽ちかけた古い墓石をみているうち、

（ホンに。四十五までよう長生きして）

とわが身のことを思い、気分が明るくなるそうである。おっちゃんは鼻で嗤《わら》い、

「キザなうつ病や。そら仮病《けびよう》やろ。そいつは作家とちゃいますか」

『芋たこ長電話』

歴史に「たら」は禁物だけれど、敗けてなかったら、少なくとも女に対して抑圧は続いていたに違いないのであって、女権伸展は世界の風潮といっても、そこはそれ島国のこと、思想統制言論統制も布《し》きやすく、女たちが夜おそくまで、女の自我確立のお芝居を見て、あはあはと興じるなんてことは、あたまから禁止されたに違いない。「姥ざかり」も「シカゴ」も初日で公演禁止になったことであろう。

「――いや、おっちゃん、日本はシミジミ戦争に敗けてよかったわねえ」

と私は、カモカのおっちゃんにいう。

「憲兵や特高のアホんだらが跳梁《ちようりよう》してる時代やったら、『シカゴ』なんか楽しまれへんかったと思うわ、戦争に敗けてよかった――」

「日本だけやおまへん」

とおっちゃんは大きくうなずく。

「アメリカもベトナムで挫折してよかった。みな挫折するのがよいのです。挫折せぬ国は困るな。おのれのいうことにマチガイない、という国が困る」

『浪花ままごと』

私が話す間、せっせとカモカのおっちゃんは独りで酒を飲んでいる。そしてうんうんとうなずく。こんなとき反駁《はんばく》するとよけい猛《たけ》りたつ私のクセをよくのみこんでいる。ふだんはヒトコトいうと三コトぐらい返す、口の達者なおっちゃんであるが、そのけじめが巧《うま》い。

オール世の母親に告ぐ。男児を育てるときには、すべからく女の酒の相手がうまくつとまるように教育すべきである。女と酒飲んでて、すぐ反駁する奴、はなからバカにする奴、美人としか同席したがらぬ奴、スッポンみたいに、ヒトコトもしゃべれない無口な男、みんな母親の教育がわるい。

『イブのおくれ毛』

彼の若いころは、苦《にが》み走ってちょっとした男ぶり、といえなくもないが、つまりそれは、まじめな会合の集合写真で、プライベートなスナップではないから、唇をきちんと引きむすんでいる。このころの彼を、私は知らないわけである。

私と結婚後は、にわかに写真量が多くなり、しかも笑顔の写真が多くなった。思うに、昭和三十年代後半から大衆が簡便に扱える安価なカメラが、どっと出廻ったせいだろう。近所の医師《せんせい》がたとゴルフに興じている彼、学友との同窓会。彼は心おきなく、笑っている。あるいは私の担当編集者たちとの交歓。

神戸の家でも伊丹でも、仕事の打ち合わせが終るや否や、酒になる。彼は必ず、酒《さか》壜《びん》を抱えて〈すみましたか〉とにこにこしてやってくる。〈主宰者の席〉と一同《みんな》は諧《かい》謔《ぎゃく》していたが、奥まった席が一つ、彼のためにいつも空けてある。彼がそこへ坐ると、酒宴が始まるのであった。取材旅行も彼の仕事の都合つく限り、同行してもらった。連載の終った打上げ会なんか、誘うと喜んで来た。どの写真の顔も、喜色あふれんばかり。もともと顔はコワモテ風だが、人づきあいの悪い男じゃなかった。

作り笑いやお愛想笑いでない、こんな笑顔になるために人は年を重ね、人生はあるのだ。——と思わせられる顔。

『残花亭日暦』

カモカのおっちゃんはいう、

「何もせんでええ、男のそばに女が、女のそばに男がおるだけでええ、これこそ人間の身心にとって最上のご馳走、最高の健康。手をにぎり合うなら、それも更によし、もっと進むなら更によし、いや、ただ、みんなでこないして酒のんでしゃべくるだけでよろしいねん。男女が入れまじり一緒に居る、というのがいちばん自然な色けなんですな、これやらへんかったら、水気ぬけてしぼんで、枯れまっせ」

「植木みたいなものね」

「人間も草木といっしょや」

『芋たこ長電話』

とにかく、

〝男は当惑する〟

のだ。人生の曲り角、曲り角で、当惑を強いられる。

ところが女はちがう。女は当惑せず、自分の選択を最上のものにねじ曲げてしまう勁《つよ》さがある。〝生物の根源は女〟としみじみ思わせられる勁さである。

女も本来、淋しい生物であろうが、一面、まぎれやすい、という神の恩寵があるのだ。関心が拡散する。しかし男は何としよう、気が散りにくい、思いつめる、という厄介な美質を持っている。

これは、夫となった〈おっちゃん〉が、私にいったことではなく、私が彼との会話で探りあてた直感である。

『田辺聖子全集5』解説

人は往々にして、

（ああ、もう死んだほうがマシや）

と嘆じたりするが、なるほど、死は安らぎなのだ、ということを発見する。〝神サン〟に、〈ハイ、そこまで〉といわれるのは、〈苦役《くえき》解放〉であろう。

いまの私なら、〈ハイ、そこまで〉の声がかかると、〈待ってました〉と躍りあがるかもしれない。そして彼自身も〈ハイ、そこまで〉といわれたら、〈やれやれ〉というかもしれない。現世はすべて苦役であろう。嬉しいことも得意なことも、順運・幸運、みな一種の苦役かもしれない。しかし、彼といた時間の〝苦役〟の、なんてたのしかったこと。

『残花亭日暦』

テレビの音は絞ってあって、病院内は静かだった。広い窓の外は半分、夕焼け。そんなつもりはなかったのに、傍の小椅子に坐り、おだやかな表情の彼を見るうち、子供のように顔が歪《ゆが》んで、涙が出てしまった。彼は私に目を当て、ゆっくりと一語ずつくぎりながらつぶやく。

〈かわいそに。

ワシは　あんたの。

味方やで。〉

——ここでわッと泣ければよかったのだが私は涙が引ッこんで、思わず笑ってしま

い、

〈なにも五七五でいわなくてもええやないの、パパ！……それ、川柳のつもり⁉〉

うるわしい夫婦愛の愁嘆場がお笑いになって、彼もにやりとした。そして再びいう。

〈アンタかわいそうや、いうとんねん〉

〈？〉

〈ワシはあんたの味方や。それ、いいとうて〉

〈味方って？〉

彼は疲れたように目を瞑《つぶ》り、口もとざす。静かだ。窓の外の夕焼けは蒼褪《あおざ》めて、鳥たちが町の低い屋根の上を、声もなく渡ってゆく。

みかた。

味方。

護符《おまもり》のことなのかな。きっとそう。彼のヴォキャブラリィの抽出《ひきだ》しには、タカラヅカの舞台みたいに〈魂は天翔《あまがけ》ってきみを守るよ〉なんて言葉もなく、〈永遠の守護神となって、浮世の嵐を防いでやるから〉というセリフの持ち合せもない。〝ワシはあんたの味方や〟というのが、彼流のせいいっぱいの、手持ちのセリフなのだろう。

『残花亭日暦』

私はいつか、彼に唄って聞かせたことがある。〽幼な馴染の　思い出は……のふし廻しで、〈セイコ・作詞〉とことわって、

〽いつかは　わたしも死ぬだろう
だから　喧嘩はしたくない
あの世で会った　そのときに
やァやァ　こんちは、いうために。

〈――てんだ、面白い？　パパ〉

〈偽善じゃっ！〉と彼はひとこと。

〈偽善？〉

〈いやな奴とは、あの世でも会いとないわい！　あの世でまでおべんちゃら、いうてられるか！〉

——笑ってしまった、私。……

ベッドで思い出したのは一茶《いっさ》の句だった。

「露ちるや　むさいこの世に用なしと」

まるでおっちゃんの心境じゃないか。

「生きのこり生きのこりたる寒さかな」

これは私のことをいったみたいな一茶の句である。

『残花亭日暦』

ちょっと霊能者の素質のある人が、いつだか、これはぼくの師匠に聞いた話ですが、といって話してくれた。

人は死ぬと、魂は十万億土の彼方《かなた》へ飛んでいくが、そこに深い洞窟《どうくつ》がある。死者はみな、その深い昏《くら》い洞窟のなかにとどめられ、やがて時期がくれば、光明浄土へ放たれる。死者はみな一人ずつである。現世の縁もつながりも消滅する。しかし何万人か何十万人かに一人は、ことさら縁の深かった者の魂がくるのをそこで待っていることもある。……

待ちぼうけ、ということは絶対、ない。

何となれば人は必ず死に、死ねば必ず、その奥深い洞窟へ放たれるのだから。……

〈えーっ、じゃ、あたくしを待ってる人もいるかもしれませんわね〉

どこかウキウキしたミド嬢の声。

私は、といえば、あの淋《さび》しがりの彼が、独りで昏い洞窟で私を待ってるのかと思うと、涙が出てきた。

かわいそう。

そしてふと思った。〈かわいそう〉と思ってくれる人間を持ってるのが、人間の幸福だって。〈愛してる〉より、〈かわいそう〉のほうが、人間の感情の中で、いちばん巨《おお》きく、重く、貴重だ。

『残花亭日暦』

〝おっちゃん語録〟をときどき思い出す。(もはや忘れているのも多いだろう)

しかしこのごろ、よく思い出すのは、おっちゃんとの〝神様《かみさん》〟問答である。神はいるか？　神の教えは何か？　腹の知れぬ神(運命、といいかえてもよい)に対応するには、人間はどうあらねばならぬか？

あるとき、何かのハナシのついでに彼は言い捨てた。

〈六十すぎたら、ワシが神サンじゃっ！〉

いまの私は、この宣言が気に入っている。

これは、おっちゃんが〈もうやりたい放題、いいたい放題、したるぞう〉という意気込みであろう。意気込みだけに終わるのが私、ほんとにそうやって生き、いやなことは一つもせず(病気のリハビリなんかである)、言いたい放題をいって、〈しゅっと消えた〉のが彼である。

〈しゅっ〉と消えるのもむつかしい。〈じゅくじゅく〉とみんなを泣かして消えるのはよくない。それは人魂のしっぽ風である。彼は彗星《すいせい》風に〈しゅっ〉と消えたので、まあ、いい人生の終わり方じゃないか、と思うゆえんだ。

『一葉の恋』

この間、私は飲み友達の男と飲んでいて、
〈ほんで、おせい、何年、連れ添うてん〉と聞かれた。
〈三十六年なんだ〉
というと、
〈ちょうど、エエ頃合じゃ！　それより長うても短うてもいかん〉
〈うん、そう思うよ〉
と二人で乾盃した。オトナのチエとは、こういうことをいう。

『ひよこのひとりごと』

附録1

中年いろはかるた

飲み友達が集まったときに、なにか趣向はないものかと、思いついたのがかるた取り。
どうせくるのはみな中年男女だから、その名をつけた。
おせい&カモカのオリジナル!

あの日、その時

集英社『田辺聖子全集』第９巻　月報より

一九八八年、還暦記念につくった「私家版　おせいの中年いろはかるた」。取り札の画は高橋孟氏が描いた。非売品。

かるたはかるたである。

しかも、箴言《しんげん》になってもいけない。そのつもりでなくておのずとそうなってた、というのはいいが、教訓や箴言になると、聞く人は、

(なにぬかしやがんねん)

と思うであろう。人にそう思わせるようでは、かるたにはならない。「いろはかるた」のように、何かワケが分らぬが、また、分りそうでもあり、という、このへんのあいまいさをよしとする。


中年だとしたら、よく人間ドックに入るやろ。

〈胃カメラにバリューム〉はどうですか。

いや、あまりにそれは色気ないか。

〈色気より食い気〉……

そんなことを考えてるとおっちゃんがきた。

私のもくろみを聞いて早速、

「〈痛い痛いというらちが花〉、はどうですか」

とにんまりする。
「意味はいうまでもなく、未経験のうちは花、ということで」

〈い〉　息ぬきの酒が生き甲斐

〈ろ〉　ローンは三界の首っ枷《かせ》

これはいまも中年苦の一つであろうから、いえてる。

「は」は、
〈禿《はげ》は口ほどにものをいい〉
「何ですか、それ」とおっちゃん。
「中年の禿は言葉よりもよく物のあわれを訴える、ということでしょう」

〈は〉　腹は借り物、タネも借り物

〈に〉 女房はあたりはずれ

「ええ女房に当るのもガラガラの抽セン機ですなあ。運命としかいいようのない部分がある。若いときはそう思わんが、中年になると、ヒシヒシとそう思う」

「いいでしょう。『ほ』は、これは私、いいたい」

中年に直接、関係ないかも知れないけど、

〈傍若無人な学校〉

というのはどうですか。

小・中・高校のまわりに住んでる方ならおわかりと思うけど、生徒の歓声、始業のサイレン、またはベル、はたまた拡声器《ラウドスピーカー》の大音声《おんじょう》、音楽、笛、プカプカドンドンの鼓笛隊、もうそりゃやかましいんです。しかも、「学校のすること、文句あっかあ！」という風情《ふぜい》。「教育は神聖なり。じゃあ」という感じで、一町四方に騒音をふりまく。

子供がご厄介になってると思ううちはともかく、トシも中年になっちゃうと、学校のたたずまいの傍若無人さが、今更のごとく思われるという、中年ならではの感懐でございます。

〈ほ〉 ボケとよばれてまだ三月

『へ』、僕はこれを、

〈屁から出たまこと〉

としたい」

「どういう意味があるのか、ご教示願えませんか」

「屁やと思うてぶっ放したら、ホンモノが出た。〈屁から出たまこと〉、読んで文字通り」

「もうよろしい。それは保留です!」

〈へ〉 偏見で売れるご時世

「次は『と』ですね」
これは以前に、
〈糖尿に血圧〉
というのをつくったが、中年の関心をあつめる病患としては、やはりいまもポピュラーなものであろう。

〈と〉　年甲斐もなき不倫のときめき

「ち」はこれも前に〈中年は立たねど高楊枝《たかようじ》〉とか、〈中年ひまなし〉〈中年かねなし〉〈中年の長電話〉など出たが……

〈ち〉　ちゃらんぽらんになれぬ年代

「次は『り』ですね、あ、これは私にいわせて下さい、

〈り〉　離婚して知る世の面白さ

これ、女のほうからいうてますねん。いまこういう中年女多いから、これは納得してもらえるよ」

「〈濡れながらゆく単身赴任〉――いかがですか、単身赴任でおもむく日はたまたま雨が降ってた。身心蕭条《しょうじょう》の思い、そこをやはり中年らしく……」

〈ぬ〉　ぬいでからことわられ

意味明瞭ですね。
「『る』、これは、
〈るすの間《あいだ》になれぬ洗濯〉
というのはどうです。妻がるすの間に、男はこそこそとなれない洗濯をしてる。なれぬ洗濯、というのは中年なればこそ」

〈る〉　ルンペンする器量もなし

〈を〉　女に定年なし

「女は死ぬまで現役なんです。現役の女、いつまでも美しくあらまほしい、その心地をいうたもの」

「それはいえてる。〈男に定年なし〉とはどうしても出て来まへん。やっぱり、女でないとここはおさまらん。えらいもんです」

〈わ〉　若死にもせずもてもせず

「わびしいねえ」

「若死にせぬのが大手柄という生涯。さればとて、もてた記憶もなし」

〈か〉　かれは会社の枯れススキ

「窓際へいってから、めっきり生彩を欠いたという風情。中年ならではの哀愁がにじみ出ている」

〈よ〉　喜びも悲しみも指一本

「なんのことや、さっぱりわかりません」

「僕もようわからん。しかしわからんかるたもあってよろしやろ」

とおっちゃんはうそぶく。

「た」は、

「〈短小かくしてホモかくさず〉」

「これもわからない」

「わからぬものはわからぬでよい。昔のいろはかるたも、子供にはわけのわからぬのがいっぱいあった」

〈た〉 体位評論家で終る

〈れ〉 劣情知って恋愛知らず

「これがニッポンの中年男性だあ。女はちがうわよ。女はいつも恋をしたい。しかるに男は劣情があるだけよ。中年男性に捧げるかるた」

「何いうてはりまんね、男のロマン誰が知る。恋を秘めてるのは男のほうこそでっせ」

〈そ〉 粗食で大ぐらい

「これは中年の生い育った時代環境のなせるかなしい習性《さが》」

〈つ〉 つくねんといる窓際流人《るにん》

『つ』はいわせて下さい。
〈つくねんといる窓際流人《るにん》〉

「〈使い道にまようへそくり〉というのはどうですか、中年男性はへそくりも大金はできない、ソコソコの金ではソコソコのことしかできない、かえって使い道に迷う」

〈つ〉 憑きもの落ちて家庭へ帰る

「浮気する、蒸発する、みな一種の憑きもの」

「〈涅槃《ねはん》に待つ人なし〉——大方の中年はそうじゃありませんか」

〈ね〉 ネグリジェ姿の妻も見飽きて

『『な』は、以前に〈長生きすればキズ多し〉というのをつくりましたが、人間も中年になれば手術のアト、オデキのあと、さまざまできて……」

〈な〉 内縁に離婚なし

「そもそも小生は離婚ばやりの昨今の風潮につき、思うのやが、結婚するから離婚せんならん。内縁にしとればいちいち離婚せんですむ」

「〈卵子がわるいとおなかで言い〉。昔は子供の出来が悪いと、畠がわるい、種がわるいと、夫婦で罪をなすくり合《お》うてた。いまどき、畠の種子のという人は無《の》うなった」

〈ら〉 ラブホテルで髪洗う秋

〈む〉 群れては大声

「中年に限らぬけれど、サラリーマンが数人群れると、あたりはばからぬ大声。なんであんな大声で、ホカの客の迷惑もかえりみず、しゃべるんですか。おどろいちゃうわ。会社の中にいるのと同じように思ってる。一人だと、おとなしく飲んでるのにね」

〈うそから出た妊娠〉

「アタシ、アレなのよ、と男をおどしてギョッとさせ、金をまき上げる女がいますが、そういうウソから出たマコト、ほんとに妊娠してたという……」

〈う〉　うしろめたくて妻にやさしき

〈ゐ〉　ゐなかの土地は持って来られず

「都会近郊でマイホームは中々建てられない。田舎やったら、広い土地があるのに、しかしこればっかりは荷造りしてふるさと宅急便で送る、というわけにはいきません」

〈の〉　のら息子に頼れず

「今日びののら息子、二十五すぎてもまだ親の脛《すね》かじろうとする。たまったもんやおまへん」

「お」は、

「〈落ち目に定年なし〉、若うてもトシとっても落ち目はいつくるかわからん。もうこれでおわりというときがない」

なさけない話になって、一向にぱっとしたのが出てこない。

〈お〉　おちゆく先は安楽死

『く』は、

〈空想で楽しむ乱交パーティ〉

中年男はみな、空想をするが、一応は、の話で、中々そこから先へいきまへん」

〈く〉　グチをいうのが女房の仕事

〈や〉　厄年つづきで年をとり

「以前に〈破れては胃カメラに従え〉というのをものしましたが……。〈老いては子に従え〉の苦しいもじり」

〈ま〉　麻雀やわがパイだこの幾山河

「麻雀はお金になります?」

私は麻雀をやらないので分らない。

「運否《うんぷ》天賦ですからなあ、こればかりは。なぜですか?」

「いえ、次の『け』――〈芸は家計をたすく〉とつづけたかったものですから」

〈け〉　芸は家計をたすく

〈ふ〉　復縁せまるのはいつも男

「それもありますが〈深酒悔いるのはいつも男〉というのもあり。女は二日酔いしないのか、しても後悔せんのか、男は翌日きっと、深酒を悔いる。男のデリカシイを見るべき」

「〈不機嫌を顔に出すのはいつも男〉っていうのもありますわよ。男の人って、腹立つとムーとすぐ顔に出るのね。人間修養の基礎ができてないのが多い。女は、ぐっとこらえて顔に笑みをたたえ、——ということがございますが……」

「こ」は、

「ちと、ぱーっといきまひょか、……〈五十花咲く　春じゃもの〉」

おっちゃんにんまり得意そうにいうが、私はせせら笑い、

「〈好況　人をまたず〉というのはどうですか、歳月人をまたずのもじりです」

〈こ〉　こつこつためて大損する

『え』は、ささやかなたのしみとして、

〈縁の下の艶福〉——誰も知らんけど、ちょっとええこともないではない、人に知られるロ

マンスもあったという中年の人生」
「縁の下なんて、猫の恋じゃあるまいし。〈栄転に遠慮なし〉というのはどうですか、後輩がドンドン出世していく。遠慮も会釈もあらばこそ」
「何か苦しい。それより、」

〈え〉　演歌をひそかに愛す

〈て〉　亭主はくじ運

「このいろはがるたをはやらそう！　アレコレ考えて選《よ》ったつもりでも、結局、くじに当ったようなもん、というところがあります」

〈あ〉　赤ちゃんできてもアイドントノー

「砂川捨丸ですな。そうそう男を攻撃されても困りますなあ。これは決してお返しのつもりやないが」

とことわっておっちゃんは、声はりあげ、

「〈あがくほどおくれる締切り〉」

〈さ〉　先に死ぬ亭主と思えば腹立たず

「平均寿命からいっても女は長生き。男が何をブーブーいおうとどうせ先に死によンねン」

「き」は、

〈玉砕が瓦となって長生きし〉

「一億玉砕、みな死ぬのやと戦時中は思《おも》てた。旗色わるうなってからは、天皇陛下をはじめ、全国民みな玉と砕けるのやと、少年は純真に信じてましたがな。それを何ぞや」

おっちゃんはどんぐり眼をむいてにらむが、私に怒ったかて知らんがな。

「ヘタヘタと負けた。しかし今となってはその方がよかった。玉と砕けるより、瓦でよいから長生きした方がエエ――」

〈き〉　議論するのが面倒な年

『ゆ』は、
〈夢にみる入試〉
として下さい。私、いまでも試験の夢みてうなされるねん」
「ま、しかしこれは中年かるたですよってなあ。もっと切実なんは、」

〈ゆ〉　遺言書くほど資産なし

〈め〉　メッキはげて生きやすし

『み』は、
〈身銭切って奢るバイト〉
アルバイトをたくさん使う会社は多い、上に立つ中年者、よんどころなく身銭切ってバイトの人たちを飲みにつれていく、だってバイトにはボーナスもないやろし、そのへんをおもんぱかって中年なりの人心収攬《しゅうらん》法のせつなさ」
「僕の『み』は、

〈未亡人は三十代まで〉

未亡人というたら、やはり三十女のなまめかしさをとる。四十は未亡人とはいわん、後家という。それからこういうのはどないです。

〈身重と聞いて口重《おも》になり〉」

おっちゃんはにんまりするが、そういう語呂合わせは中年かるたにはとらないのだ。

「口重になるくらいなら、はじめからくどかんといたら、ええねん」

〈み〉　身のほど知ってくどく

「し」は、

「〈四十洟《ばな》五十よだれ〉——はどないでっか。

中年のむさくるしさをリアルにいうたもの。世の中、きれいごとではすみまへん」

おっちゃんのはバッチイからこまる。

〈し〉　主賓になったことない人生

「ゑ」は、
「〈絵空事でなくなりそうで緊張し〉
というのはどうです。絵空事と思うていたのが、意外にどうかなりそうな雲行になってきた。ひょっとするとひょっとする、そう思うて中年は緊張の心ときめき」

〈ゑ〉 絵空事の恋にあこがれ

『ひ』は以前に、〈美女も皮一重〉、〈ピルは身をたすく〉などと出ましたが、いかがですか」
「〈一人ぐらしで風流開眼《かいげん》〉というのはどうです」
おっちゃんは冷酒に舌つづみを打ちつつ、
「単身赴任ではじめてしみじみ、花の雨をながめ、夏の月に見入る」

〈ひ〉 一人で泣くペットの死

「泣くのは子供ではない、中年が泣くから尽きぬ感興がある」

〈も〉　物のあわれを知るころに死に

この世の中、杓子《しやくし》定規にいかん、とか、堅いばかりが大人やない、とか、悪いのは向こうやとばかりもいえぬ、とひそかに自省するとか、要するに曲線カーブで物を考えられるようになったことを、「もののあわれを知る」というのです。ですが、そこまで修養ができるころには、もう死期となってる。

「〈正妻というほど大したモノでなし〉

昔あったコトバになりましたね、正妻なんていまどき死語になってしまった」

「僕はこんなん、でけた。

〈寂寞《せきばく》として残業の蕎麦《そば》〉

一人で残業していると寂寥がひしひしと身にせまり、そこへ出前の蕎麦がくる。若いもんならどうということないが、……」

〈せ〉　世話女房は自立の大敵

〈す〉　すみれの園に足むけてみる

「すみれの園はいうまでもなく宝塚ですわね、あんがいイケルやないかとにわかにファン、かくれ宝塚になっちゃうという一幕」

「おしまいには恒例として『ん』がつくことになってます。〈蘊奥《うんのう》をきわめて常識知らず〉えらい大先生にいるんじゃないですか、もっとも私はえらい大先生にお近付きはないのでようわかりませんが」

「中年かるたは平凡な人対象にしましょうや、大先生は関係なし」

〈ん〉　うんざりする粗大ゴミ妻

「男を粗大ゴミと誰かいう、女房のほうこそです。男はそう思いつつひそかに堪えてる」

※『女の中年かるた』(昭和60年)から、エッセイと、巻末特別付録・おせいの「中年いろはかるたきわめつけ」を再構成しました。

附録2

昭和の歌は愛しく懐かしく

〝昭和党〟の面々は、わが人生をかさね合わせ、世態人情を省察し、情感こめて歌ったものだ。どうも歌詞に惚れこむらしい。愛唱曲六十九曲を一挙紹介!

あの日、その時

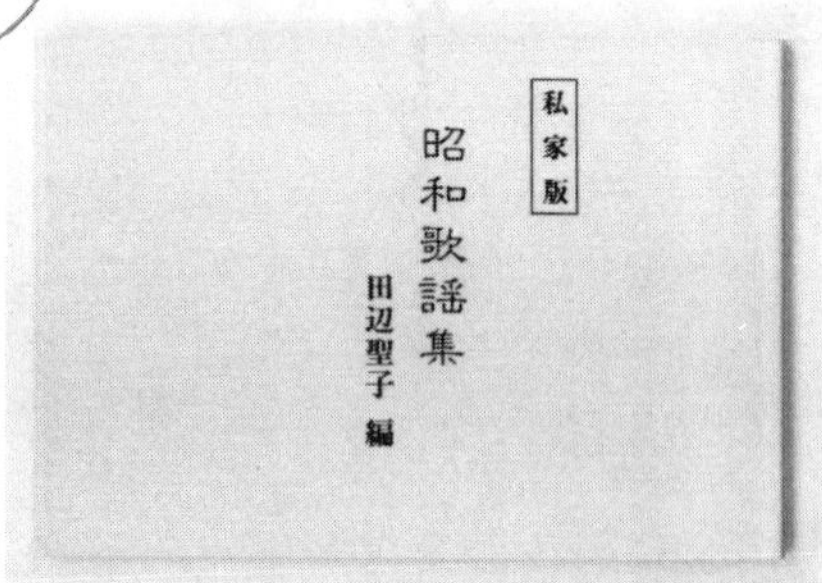

夜のお酒の席で、夫や秘書、友人たちと愛唱した寮歌、校歌、軍歌、唱歌、演歌など、お気に入りの六十九曲を編集したもの。一九九七年、田辺聖子編。非売品。

酔うに任せて放歌高吟、あるいは微吟低唱する人があるが、私はそれはまだ罪がないと思うものだ。

歌を歌う、ということは、よっぽど音痴ならどうしようもないが、ともかく一しょについて歌わせたり、皆の気分を浮き立たせたり、満座の気持を一つにまとめる効果があるように思う。

『言うたらなんやけど』

中年の好むのは、曲調もさることながら、どうも歌詞に惚《ほ》れこむらしい。じっと歌詞を味わいつつ、情感こめて歌う人が多い。それは、「酒は涙か溜息《ためいき》か」であり、「人生劇場」であり「王将」である。

「ゴンドラの唄」をやる人もある。「裏町人生」、とくると、もう四十代も後半、五十男ぐらい。かなり新しい所でも「唐獅子《からじし》牡丹《ぼたん》」「傷だらけの人生」などということになる。

美空ひばりとくると、「柔《やわら》」や「悲しい酒」というところが、男の好きな歌のようだ。
中年は、歌うとき、歌詞にわが人生をかさね合せ、さらに世態人情を省察し、萎《な》えかけたわが闘志にむちうって、余力をかきたてんとする、その息もたえだえなる切なさを、ありったけの声にこめて「人生劇場」などうたうのである。

『いっしょにお茶を』

〈タナベサンが演歌なんか唄われる、とはねえ〉

と、意外そうに、しかし鄭重《ていちょう》に訊《き》かれる、知人の初老紳士あり。(みい。私だって〈どや、おせい、ナニしとんねん〉というような、雑駁《ざつぱく》なる友人ばかりでもないんだ。教養高き鄭重紳士も知人にはいられるのだ)

鄭重氏は、

〈いや実は九月号の「文藝春秋」の、永六輔さんとの対談を拝見したもので〉

あー、はいはい。連れ合いを亡くした同士の対談で、私はおっちゃんと、〝お酒の店〟(酒屋さんではない。バーというほど高級でもない、お酒を飲んでカラオケで唄ってわっと騒ぐだけの店)でよく「昭和枯れすすき」を唄った、と永さんに話していた。私は演歌が好きだ。

ド演歌ほどいい。紳士は、うちおどろく。

〈ホー、演歌が？　私などタナベサンには戦前の女学生というイメージがあって「ローレライ」とかソプラノで歌われるのかと……〉

あたしゃソプラノでド演歌を唄うんですよ。それに演歌は皆で騒げるからいい。たとえば「昭和枯れすすき」（作詞山田孝雄）は、三節目に〽この俺を捨てろ　なぜ　こんなに好きよ……。ここをおっちゃんと私、掛け合いで歌うと、店の常連の飲み仲間が〈ええかげんにせえ！〉と怒ることになっている。『なにわの夕なぎ』

私家版　昭和歌謡集

1　なつかしの寮歌・校歌

1　嗚呼玉杯に花うけて（一高第十二回記念祭寮歌）　作詞・矢野勘治　作曲・楠正一　明治35年

2　紅萌ゆる丘の花（三高逍遥の歌）　作詞作曲・沢村胡夷　明治37年

3　都ぞ弥生（北海道帝国大学予科寮歌）　作詞・横山芳介　作曲・赤木顕次　明治45年
4　静かに来たれ懐かしき（三高行春哀歌）　作詞・矢野峰人　作曲・小川昇
5　北辰斜にさすところ（七高第十四回記念祭歌）　作詞・簗田勝三郎　作曲・須川政太郎
6　明治大学校歌　作詞・児玉花外　作曲・山田耕筰
7　若き血（慶応義塾大学応援歌）　作詞作曲・堀内敬三
8　早稲田大学校歌　作詞・相馬御風　作曲・東儀鉄笛
9　琵琶湖周航の歌　作詞・小口太郎　作曲・吉田千秋　大正7年
10　ボートの進行（薩摩兵児の唄）―鹿児島大学ボート部―

1　「嗚呼《ああ》玉杯《ぎよくはい》に花うけて」

およそこの歌ぐらい、明治・大正・昭和初期の若者の血を沸かせた歌はなかったろう。旧制第一高等学校、いわゆる〈一高〉の健児たちの心意気を、流麗で格調たかき歌詞とメロディで、謳《うた》いあげたもの。一高生（旧制高校、それもナンバースクールの首位、エリート中のエリートだ）は、当時の国民から実に敬愛されたものであった。やがては国家の優秀な百官有司であり、国家の干城《かんじよう》ともなるべき、たのもしき若者、彼ら（旧制高校生徒は男子のみ）に対する国民の期待も大きかった。彼らにもまた、民衆の嘱望《しよくぼう》に応《こた》えんという軒昂《けんこう》たる気概があった。……しかし今は、その覇気《はき》を理解し嘉《よみ》する世代の人々も老いた。

戦前の作家、佐藤紅緑《こうろく》に同じタイトルの少年小説があり、当時の少年少女の心を躍らせた。〈民衆〉に数《かず》まえられぬ〈女の子〉たちもまた、そういう、少年熱血小説が好きで、大いに支持した。

2　「紅《くれない》萌《も》ゆる丘の花」

一高に対抗して関西で人気ある旧制高校は京都の第三高等学校であった。尤《もつと》も大阪にも高校はある。黒い丸帽に、朴歯《ほおば》の下駄、学生服の腰に手拭い、黒いマント、という蛮カラ姿、紅顔の旧制高校生徒たちはどれだけ、大衆から敬愛されたか。

――戦争末期、私たち女専生（女子専門学校生）も、軍需工場に動員され、旋盤工場で働かされた。昼夜交代の寮住まいの工員生活、せめて学徒の気概を失うまい、とわれわれは「紅萠ゆる丘の花」を休憩時間に合唱して、英気を養った。祖国の危難とあれば、旋盤に向うのも仕方ないが、せめて〝学徒〟の誇りと気概は、胸底に秘めて放すまじ、と思うのだった。

4 「静かに来たれ懐かしき」

これは三高の〈行春哀歌〉、歌詞がやさしいので、女子学生の好尚に適《かな》って私たちはよく歌った。この続きの歌詞は、〈友よ憂いの手を取らん〉である。寮歌の蛮カラぶりでなく、優婉で明るい中にも哀愁をふくむ寮歌。男の子の寮歌で、こんなに流麗で美しいものはない。

私は浪花っ子なので、女学校、女子専門学校、ともに大阪近辺だから、友人もその範囲、よって北大予科の「都ぞ弥生」や「北辰斜《ほくしんなな》めにさすところ」（七高）などにはあまり親昵《しんじつ》していない。慶応・早稲田の歌は、少女時代から耳なれしていたものの。……

それより少女たちに愛されたのは、流麗な三高「琵琶湖周航の歌」だった。〽われは湖《うみ》の子さすらいの……。

こうしてみると暗い戦時中も、戦意昂揚のかけ声にかくれて、美しくやさしい、民衆好みの歌は、ひそかに歌い継がれていたのだ。

10 「ボートの進行」

この歌は、夫が愛唱していたので、私もいつかおぼえた。旧制鹿児島医専（現・鹿児島大・医学部）出身の彼は、べつにボート部員ではないが、全校、この歌を愛唱したという。〽磯浜《いそはま》御殿を弓手《ゆんで》に眺め／さしてゆくのは第三台場……と、磯の匂いのする歌を快く聞いていると、突如、

〽ボートの中には桜か梅か／二人の美少年が二挺櫓を漕げば……

お国ぶりとはいえ、色っぽく転調するところがおかしいが、夫の同窓会へ共に出てみると、髭の濃い中年紳士らが、愉快そうにこの歌を歌っていられたのも、風趣があってよかった。

2 古き学び舎《や》のうた

11 **仰げば尊し** 作詞作曲・不詳 『小学唱歌集（三）』明治17年

12 **花** 作詞・武島羽衣 作曲・滝廉太郎 『四季』明治33年

13 **旅愁** 作詞・犬童球渓 作曲・オードウェイ 『中等教育唱歌集』明治40年

14 **故郷《ふるさと》** 作詞・高野辰之 作曲・岡野貞一 『尋常小学唱歌（六）』大正3年

15 **海** 文部省唱歌 『尋常小学唱歌（五）』大正2年

16 **故郷の廃家** 作詞・犬童球渓 作曲・ヘイス 『中等教育唱歌集』明治40年

17 **七里ケ浜の哀歌** 作詞・三《み》角《すみ》錫子《すずこ》 作曲・ガードン 明治43年

18 **人を恋うるの歌** 作詞・與謝野鉄幹 作曲・不詳 明治41年

19 **浜辺の歌** 作詞・林古渓 作曲・成田為三 『セノオ楽譜（九十八）』大正7年

20 **荒城の月** 作詞・土井晩翠 作曲・滝廉太郎 『中等教育唱歌集』明治34年

21 **椰子の実** 作詞・島崎藤村 作曲・大中寅二 歌・東海林太郎 『国民歌謡（三）』昭和11年

22 **朧月夜** 作詞・高野辰之 作曲・岡野貞一 文部省唱歌 『尋常小学唱歌（六）』大正3年

23 **青葉茂れる桜井の** 作詞・落合直文 作曲・奥山朝恭 明治32年

24 **日本海海戦** 作詞・芦田恵之助 作曲・田村虎蔵 文部省唱歌 大正3年

25 **広瀬中佐** 文部省唱歌 『尋常小学唱歌（四）』大正元年

11 「仰げば尊し」以下は、もはや日本人の郷愁そのものとなって骨肉に沁みわたるような、なつかしい歌である。「仰げば尊し」は卒業式にもいまは歌わぬ学校もあるというが。……戦前の女学生はたいてい、柔媚《じゅうび》で感情過多だったから、卒業式で、先生がこの歌の前奏を弾かれると、もはや、〈くしゅっ〉〈エッエッ〉という、すすり泣きで満ちた。下級生も釣られて涙ぐむ。……やがて歌声はとぎれがちになり少女たちの嗚咽《おえつ》は講堂を埋める。天井近き所にあるガラス窓には、早春のうす青い空がひろがっていたっけ。……

18「人を恋うるの歌」は明治文学、ロマン主義の旗手、與謝野鉄幹の作詞。いかにも明治青年の昂揚感と、颯爽たる青年客気《かっき》の象徴である。明治四十一年の作。

〽妻をめとらば才たけて／みめうるわしく情《なさけ》ある／友をえらばば書《しょ》を読みて／六分《りくぶ》の俠気《きょうき》四分の熱……

私の少女時代は戦時中であるゆえ、こんな野放しの人生肯定の情熱はすでに失なわれていた。そして戦後は、にわかにアメリカのジャズ文化、でなければ、労働者の闘争と勝利を鼓《こ》吹《すい》する歌となり、もはや明治のロマンチシズムは、失なわれた。……ただ、古き学び舎《や》で教わった歌のうち、永遠に色、褪せぬ魅力は、例えば〽春のうららの隅田川……〉の優婉、〽いくとせ故郷《ふるさと》……〉「故郷の廃家」の抒情であろう。

文部省唱歌には、このほかにも「朧月夜」や「海」など、名曲が多い。日本民族の郷愁そのもののような、愛すべき歌詞とメロディだ。

3　ああ戦《たたかい》の最中に

26　**ああ紅の血は燃ゆる**　作詞・野村俊夫　作曲・明本京静　唄・酒井弘・安西愛子　昭和19年

27　**若鷲《わかわし》の歌**　作詞・西条八十　作曲・古関裕而　昭和18年

28　**戦友**　作詞・真下飛泉　作曲・三善和気　明治38年

29　**爆弾三勇士**　作詞・与謝野寛　作曲・辻順治　昭和7年

30　**婦人従軍歌**　作詞・加藤義清　作曲・奥好義　明治27年

31　**愛国の花**　作詞・福田正夫　作曲・古関裕而　唄・渡辺はま子　昭和13年

32　**九段の母**　作詞・石松秋二　作曲・能代八郎　唄・塩まさる　昭和14年

33　**麦と兵隊**　作詞・藤田まさと　作曲・大村能章　唄・東海林太郎　昭和13年

34　**上海だより**　作詞・佐藤惣之助　作曲・三界稔　唄・上原敏　昭和13年

35　**同期の桜**　編詞・帖佐裕　作曲・大村能章　昭和19年

36　**露営の歌**　作詞・藪内喜一郎　作曲・古関裕而　昭和12年

37　**太平洋行進曲**　作詞・横山正徳　作曲・布施元　昭和14年

38　**可愛いスーちゃん**　作詞作曲・不詳　昭和16年

戦時中の歌は、われわれ世代にはなつかしいものの、若い人々には思い入れはないであろう。その中で、これは知ってほしいと私の思うのは、真《ま》下《しも》飛《ひ》泉《せん》作詞、三《み》善《よし》和《かず》気《おき》作曲の「戦友」である。私の友人に、これをまちがいなく最後まで歌える男がいた（十四番まである）。私と同じ戦中派であるが、彼がこれを歌い出すと、途中で居眠りする友人あり、私語に夢中の連中あり、〈そこ、お酒、ありますか?〉と世話を焼く女あり、座は濫《みだ》りがわしい。

しかしその中で、彼ひとり、動じないで歌いつづけている。微醺低唱《びくんていしょう》、というほど上等なものではないが、自己陶酔して、瞑目しつつ唄いつづけている。

そしていつか、私も耳傾けて聴いている。

そうなんである。

この歌は、人に耳を傾けさせる力をもつのである(この際、歌の常識的な巧拙は問わぬ)。出だしは〈ここはお国を何百里〉も離れた〈遠き満州〉の地である。主人公は、戦野《せんや》の〈赤い夕日に照らされ〉て埋められた戦友を悼《いた》みつつ、在りし日の友をしみじみ偲ぶ。

真下飛泉は初期明星派の歌人の一人で、教育界で生涯を過した人、明治のインテリである。満州は現在の中国東北部のこと、戦友は、「赤い夕日の満州に」散り、自分は友の塚穴を掘る。戦友が敵弾に倒れたのを、

〽我は思わずかけよって/軍律きびしい中なれど/これが見捨てて置かりょうか……

このあたり、会話になるのがよかった。〽しっかりせよと抱きおこし……仮繃帯《かりほうたい》も弾丸《たま》の中……。

倒れた戦友との短い会話が、よく戦場の緊迫感を伝える。私たち少女にもその哀感は伝わり、それは戦争の悲惨や主義主張を超えて、人生や運命を暗示する如くであった。やさしい

言葉、誰にもわかる文脈、そのうしろに、戦争と平和、人間と人生が語られてゆく。……

「戦友」は、最高の民衆詩なのである。

さて、「戦友」を挙げたら、こんどは「婦人従軍歌」も入れなければ不平等である。

従軍看護婦さんの歌。

〽やがて十字の旗を立て……

とあるように、赤十字の旗を立て、その天幕の中で、彼女らは〈真白に細き手をのべて〉傷ついた将兵を看護する。

〽巻くや繃帯《ほうたい》白妙の、衣《ころも》の袖は朱《あけ》に染み……という、〈仁と愛とに富む婦人〉従軍看護婦たちに私たちは敬愛の念を抱きつつ、この歌を歌った。

私が旧制高等女学校の女学生だったとき、秋の運動会でスピーカーから流れる曲は、いつもきまって「婦人従軍歌」がまっ先であった。……

4　歌は世につれ…（演歌その他）

39　**別れのブルース**　作詞・藤浦洸　作曲・服部良一　唄・淡谷のり子　昭和12年

40　**啼くな小鳩よ**　作詞・高橋掬太郎　作曲・飯田三郎　唄・岡晴夫　昭和22年

41　**夜霧のブルース**　作詞・島田磐也　作曲・大久保徳二郎　唄・ディック・ミネ　昭和22年

42　**酒は涙か溜息か**　作詞・高橋掬太郎　作曲・古賀政男　唄・藤山一郎　昭和6年

43　**傷だらけの人生**　作詞・藤田まさと　作曲・吉田正　唄・鶴田浩二　昭和46年

44　**昔の名前で出ています**　作詞・星野哲郎　作曲・叶弦大　唄・小林旭　昭和51年

45　**影を慕いて**　作詞作曲・古賀政男　唄・藤山一郎　昭和7年

46 君恋し 作詞・時雨音羽 作曲・佐々紅華 唄・二村定一・フランク永井 昭和3年

47 かえり船 作詞・清水みのる 作曲・倉若晴生 唄・田端義夫 昭和21年

48 唐獅子牡丹 作詞・水城一狼・矢野亮 作曲・水城一狼 唄・高倉健 昭和41年

49 人生劇場 作詞・佐藤惣之助 作曲・古賀政男 唄・楠木繁夫 昭和13年

50 大利根月夜 作詞・藤田まさと 作曲・長津義司 唄・田端義夫 昭和14年

51 王将 作詞・西条八十 作曲・船村徹 唄・村田英雄 昭和36年

52 旅姿三人男 作詞・宮本旅人 作曲・鈴木哲夫 唄・ディック・ミネ 昭和14年

53 無法松の一生 作詞・吉野夫二郎 作曲・古賀政男 唄・村田英雄 昭和33年

54 流転 作詞・藤田まさと 作曲・阿部武雄 唄・上原敏 昭和12年

55 **島育ち** 作詞・有川邦彦　作曲・三界稔　唄・田端義夫　昭和37年

56 **人生の並木路** 作詞・佐藤惣之助　作曲・古賀政男　唄・ディック・ミネ　昭和12年

57 **港街十三番地** 作詞・石本美由起　作曲・上原げんと　唄・美空ひばり　昭和32年

58 **悲しい酒** 作詞・石本美由起　作曲・古賀政男　唄・美空ひばり　昭和41年

59 **大阪しぐれ** 作詞・吉岡治　作曲・市川昭介　唄・都はるみ　昭和55年

60 **銀座の恋の物語** 作詞・大高ひさを　作曲・鏑木創　唄・石原裕次郎・牧村旬子　昭和36年

61 **カスバの女** 作詞・大高ひさを　作曲・久我山明　唄・エト邦枝　昭和30年

62 **さすらい** 作詞・西沢爽　作曲・狛林正一　唄・小林旭　昭和35年

63 **君といつまでも** 作詞・岩谷時子　作曲・弾厚作　唄・加山雄三　昭和41年

64 **北帰行** 作詞作曲・宇田博 唄・小林旭 昭和36年

65 **北国の春** 作詞・いではく 作曲・遠藤実 唄・千昌夫 昭和54年

66 **上海の花売娘** 作詞・川俣栄一 作曲・上原げんと 唄・岡晴夫 昭和14年

67 **青葉城恋唄** 作詞・星間船一 作曲・さとう宗幸 唄・さとう宗幸・ダークダックス 昭和53年

68 **裏町人生** 作詞・島田磐也 作曲・阿部武雄 唄・上原敏 昭和12年

69 **花** 作詞作曲・喜納昌吉 唄・喜納昌吉&チャンプルーズ 編曲・門倉聡 昭和55年

演歌は、それこそ、おばさん、おじさんの持ち歌多く、年代別に色分けされるので、老若いっしょに酒を酌む場では、衆議、決しがたい。

しかし時移り、人は変った。

私の若い頃は、まだ酒場で歌うおじさんの多かった、「酒は涙か溜息か」や「影を慕いて」

「人生劇場」「旅姿三人男」「人生の並木路」「裏町人生」など、いまや殆んど唄われないのじゃないか。——しかし時として小さいスナックでマイクを擁《よう》して、

〽泣くな妹《いもと》よ妹よ泣くな　泣けば幼い二人して　故郷を捨てた甲斐がない……

なんて唄っている若い衆がいる。私が、〈おや、よくご存じですね、古い歌を〉というと、その白面《はくめん》の美青年は笑って、

〈これ、ウチの親爺が、酔うたら、歌いますねん〉と。それにしても、だ。この青年の親爺さんならまだ中年という年頃であろう、されば、その親爺さんもまた、その上の親爺さんの持ち歌をおぼえたのかもしれない。「人生の並木路」は昭和十二年の歌である。

私は昭和三年生れだが、生家が写真館で、技師見習いの青年や、若い叔父たちがたくさんいた。彼らが唄うので「旅姿三人男」もおぼえ、「旅笠道中」もおぼえた。

「旅姿三人男」は　〽清水港の　名物は……〉であり、「旅笠道中」は、〽夜が冷たい　心が寒い……〉であった。子供の私、何でも歌えた。

（いつ、勉強していたんだろう？）

ともあれ、人生街道には、日の当る人生と、日の当らぬ人生があるらしい、そして流行歌《はやりうた》は、日の当らぬ人のことを唱うものらしいが、そっちのほうに、

（エエ歌が多いなあ……）

なんて考える、早やのみこみ、早やトチリの、ボンヤリ少女で、私は、あったらしい。日の当る人生にも悲しみや苦労はあり、当らぬ人生なればこその、人生のよさもあるのだ。それはともかく、私の人間形成には、かなり、演歌文化が影響しているようである。演歌がこの世にあってよかった。……人生の終りちかくになって、私、しみじみ、思うのです。

『私家版　昭和歌謡集』の解説は、新たに書き下ろしました。

あとがき――人生の瞬景

私には何冊か、箴言集のたぐいの本がある。

私は早くから、その手の本が好きであった。

まだ世の中の仕組みも実相もよく知らない年頃、少女といっていい年から、ラ・ロシュフーコーの箴言集などに入れこんで、淫《いん》していた。それでいて、書く作品《もの》といえば、市井《しせい》の熊公八公の他愛ないやっさもっさだった。私はそれにユーモア味を添えた。

そのユーモアは、ラ・ロシュフーコーの皮肉や諷刺から学んだものもあるが、また、大阪という土地が発する瘴気《しょうき》といってもよかった。かくて、ラ・ロシュフーコーと、大阪文化は、とてもよく適《あ》い、いわば、筍《たけのこ》と若布《わかめ》の如く、はたまた、鴨と葱の如く、〝出合いもの〟であったのだ。少女の感性がそう、思わせたのだ。

箴言は、意地わるな視線なくして成り立たないが、またそれだけでは、文学性を獲得できない。〝愛〟なきところ、佳《よ》き〝箴言〟は生れない。人はアフォリズムで、一時、怒気を誘われたり、反撥の誘惑を感じたりするが、しかし、思いがけない〈真実〉をあばかれ、笑いを誘われてしまう。しかく、真実はつねにおかしいのである。

尤もこの本には、アフォリズムというより、〈人生の瞬景〉とでもいうべき、さまざまの小さな絵も、嵌《は》めこまれている。「中年いろはかるた」などは、一瞬の情景である。

私は〈中年もの〉と呼ばれる小説もいくつか書いた。四十代以上の男女が主人公である小説やエッセーだが、私はかねてより、

〈人、四十にして、人たり〉

という〈かんそう〉を抱いていた。（大きな顔をして感想、などと書けない、蕪雑《ぶざつ》なる、至らぬ〈かんそう〉である。）……四十の声を聞けば、人は頭を垂れて、越《こ》し方《かた》、行末に思いを致し、後悔をよきクスリとして更なる境地をめざして生きようとする……であろうと思っていた。――しかし何のことだ、四十の倍の年が近づいても、そんな境地には達せそうにない。人間は、というより、私ごときは、永久に「人た

り」得ることはむつかしそうな気がする。
私の今までの著書《ほん》から、〈人生の瞬景〉を軽やかに抜きとり、光彩あざやかなプリズムを作って下さった編輯者の石田陽子さんと、文春新書に感謝します。

田辺聖子

出典一覧

※単行本刊行年順に掲載。作品タイトルの後は、発行出版社、発行年、（文庫として刊行されている場合）文庫発行出版社、刊行年、全集所収巻

私の大阪八景（文藝春秋　一九六五年、岩波現代文庫　〇〇年）全集第1巻
千すじの黒髪――わが愛の與謝野晶子（文藝春秋　一九七二年、文春文庫　七五年）全集第13巻
女の長風呂（文藝春秋　一九七三年、文春文庫　七六年）全集第9巻
言うたらなんやけど（筑摩書房　一九七三年、角川文庫　八〇年）全集第23巻
女が愛に生きるとき（講談社　一九七三年、講談社文庫　七九年）
女の長風呂　続（文庫では「女の長風呂Ⅱ」）（文藝春秋　一九七四年、文春文庫　七七年）全集第9巻
文車日記――私の古典散歩（新潮社　一九七四年、新潮文庫　七八年）全集第22巻
言い寄る（文藝春秋　一九七四年、文春文庫　七八年）全集第6巻
イブのおくれ毛（文藝春秋　一九七五年、文春文庫　七八年）全集第9巻
古川柳おちぼひろい（講談社　一九七六年、講談社文庫　八一年）全集第18巻
続　言うたらなんやけど（筑摩書房　一九七六年、角川文庫　八一年）全集第23巻
欲しがりません勝つまでは（ポプラ社　一九七七年、新潮文庫　八一年）
ラーメン煮えたもご存じない（新潮社　一九七七年、新潮文庫　八〇年）
浜辺先生町を行く（文藝春秋　一九七七年、文春文庫　八一年）
お聖千夏の往復書簡　中山千夏共著（話の特集　一九八〇年、集英社文庫　八九年）
芋たこ長電話（文藝春秋　一九八〇年、文春文庫　八四年）全集第9巻

女の居酒屋（文藝春秋　一九八一年、文春文庫　八五年）全集第9巻
歳月切符（筑摩書房　一九八二年、集英社文庫　八六年）全集第23巻
夢の菓子をたべて――わが愛の宝塚（講談社　一九八三年、講談社文庫　八七年）全集第23巻
いっしょにお茶を（角川書店　一九八三年、角川文庫　八四年）
しんこ細工の猿や雉（文藝春秋　一九八四年、文春文庫　八七年）全集第1巻
おせいさんの団子鼻（講談社　一九八四年、講談社文庫　八七年）
死なないで（筑摩書房　一九八五年、文春文庫　八九年）全集第24巻
川柳でんでん太鼓（講談社　一九八五年、講談社文庫　八八年）
ジョゼと虎と魚たち（角川書店　一九八五年、角川文庫　八七年）全集第16巻
女の中年かるた（文藝春秋　一九八五年、文春文庫　八八年）全集第9巻
ほのかに白粉の匂い――新・女が愛に生きるとき（講談社　一九八六年、講談社文庫　九〇年）
浪花ままごと（文藝春秋　一九八六年、文春文庫　八九年）全集第9巻
猫なで日記――私の創作ノート（集英社　一九八七年、集英社文庫　九一年）全集第20巻
花衣ぬぐやまつわる……――わが愛の杉田久女（集英社　一九八七年、集英社文庫　九〇年）全集第13巻
女のとおせんぼ（文藝春秋　一九八七年、文春文庫　九〇年）
ぼちぼち草子（岩波書店　一九八八年、講談社文庫　九二年）
性分でんねん（筑摩書房　一九八九年、ちくま文庫　九三年）
天窓に雀のあしあと（中央公論社　一九九〇年、中公文庫　九三年）
おかあさん疲れたよ　上・下（講談社　一九九二年、講談社文庫　九五年）全集第21巻
ひねくれ一茶（講談社　一九九二年、講談社文庫　九五年）全集第18巻

ほととぎすを待ちながら――好きな本とのめぐりあい（中央公論社　一九九二年、中公文庫　九五年）全集第23巻
乗り換えの多い旅（暮しの手帖社　一九九二年、集英社文庫　九七年）
かるく一杯（筑摩書房　一九九五年、ちくま文庫　九八年）
ナンギやけれど……わたしの震災記（集英社　一九九六年、集英社文庫　九九年）全集第24巻
楽天少女通ります――私の履歴書（日本経済新聞社　一九九八年、ハルキ文庫　〇一年）
道頓堀の雨に別れて以来なり　上・下（中央公論社　一九九八年、中公文庫　〇〇年）全集第19・20巻
セピア色の映画館（文化出版局　一九九九年、集英社文庫　〇二年）全集第23巻
ほっこりぽくぽく上方さんぽ（文藝春秋　一九九九年、文春文庫　〇二年）
ゆめはるか吉屋信子　上・下（朝日新聞社　一九九九年、朝日文庫　〇二年）
楽老抄　ゆめのしずく（集英社　一九九九年、集英社文庫　〇二年）
姥ざかり花の旅笠――小田宅子の「東路日記」（集英社　二〇〇一年、集英社文庫　〇四年）全集第22巻
iめぇーる（世界文化社　二〇〇二年）
なにわの夕なぎ（朝日新聞社　二〇〇三年、朝日文庫　〇六年）
人生は、だましだまし（角川書店　二〇〇三年、角川文庫　〇五年）
一葉の恋（世界文化社　二〇〇四年）
残花亭日暦（角川書店　二〇〇四年、角川文庫　〇六年）全集第24巻
田辺写真館が見た〝昭和〟（文藝春秋　二〇〇五年）
ひよこのひとりごと――残るたのしみ（中央公論新社　二〇〇六年）
田辺聖子全集　全24巻別巻1（集英社　二〇〇四〜〇六年）

田辺聖子（たなべ せいこ）

1928（昭和3）年、大阪生れ。作家。樟蔭女子専門学校国文科卒。64年「感傷旅行（センチメンタル・ジャーニイ）」で芥川賞受賞。軽妙洒脱でユーモラスな小説を主体に歴史エッセイ、評論など幅広く活躍。87年『花衣ぬぐやまつわる……わが愛の杉田久女』で女流文学賞、93年『ひねくれ一茶』で吉川英治文学賞、98年『道頓堀の雨に別れて以来なり』で読売文学賞、泉鏡花文学賞、井原西鶴賞を受賞。主な作品は「田辺聖子全集」全24巻別巻1（集英社）にまとめられている。

文春新書

538

おせい&《と》カモカの昭和愛惜《しょうわあいせき》

2006年(平成18年)10月20日　第1刷発行

著　者　田辺聖子
発行者　細井秀雄
発行所　株式会社 文藝春秋
〒102-8008　東京都千代田区紀尾井町3-23
電話（03）3265-1211（代表）

印刷所　理想社
付物印刷　大日本印刷
製本所　大口製本

定価はカバーに表示してあります。
万一、落丁・乱丁の場合は小社製作部宛お送り下さい。
送料小社負担でお取替え致します。

ISBN4-16-660538-0

ぼくの採点表 中 490
……「東電の黒幕」が本当に好きで好む人でも、「CDに執筆を頼む編集者」でいるとしたら…

日本のなかで 500
加藤典洋
人とひととが出逢うところに文学がある。小説、詩、評論、エッセイ、戯曲……

「噂」を聞く 「噂」を読む 468
後藤正治
著者資料原本集
日本社会〈噂〉考案内、話題書、図書、新聞、著者資料原本集の情報豊富な書

文藝春秋図書総目録 517
一九二三年十月創刊の『文藝春秋』をはじめ、これまで文春から刊行された全書目を一冊に収録。